UNE INTRODUCTION AUX Chakras

AMY LEIGH
& CHAD MERCREE

LES PETITS LIVRES D'ÉSOTÉRISME

UNE INTRODUCTION AUX Chakras

...LIBÉREZ LE POUVOIR QUI EST EN VOUS...

MARABOUT

Traduction de Julie Sence-Herlihy

Publié pour la première fois en 2016 par Sterling Publishing CO., INC., USA,
sous le titre *A little bit of Chakras*.

Cette édition a été publiée avec l'accord de Sterling Publishing Co., Inc.,
1166 Avenue of the Americas, New York, NY, USA, 10036.

SOMMAIRE

courent depuis la base de la colonne vertébrale jusqu'au sommet du crâne, même si nous consacrerons aussi un chapitre spécial à quelques chakras additionnels qui ont fait l'objet d'écrits au cours des deux derniers millénaires.

Chaque chakra est lié à des organes, à des comportements émotionnels et mentaux, à la bonne santé physique ou à la maladie, à des couleurs, des sons, des capacités psychiques et bien d'autres choses encore. Certaines de ces associations sont symboliques, d'autres se basent sur des formules mathématiques ou sur l'opinion personnelle de praticiens en médecine holistique réputés. Au sein du mouvement New Age, beaucoup pensent que l'énergie et la conscience sont une seule et même chose et en ce sens, l'énergie des chakras est par certains aspects inhérente à notre conscience. Les yogis et les adeptes d'éveil spirituel ont trouvé différentes façons de travailler avec ces centres de conscience : nous partagerons quelques exercices et des méditations pour vous aider à entrer, vous aussi, intimement en contact avec au moins sept de vos chakras.

Les chakras font partie d'un champ aurique humain bien plus vaste. L'aura est un champ d'énergie dynamique qui entoure le corps humain et le traverse. Tel un nuage de vibrations, il est en perpétuel mouvement. Sa nature, sa couleur et ses ondes ne font que changer d'un instant à l'autre, d'une pensée à l'autre, d'un sentiment à l'autre. Les médiums pensent que nous sommes spirituellement connectés aux autres, au monde qui nous entoure et à l'univers dans son ensemble par le biais de notre champ d'énergie, l'aura. Le corps physique n'est simplement que l'aspect le plus dense de notre être sur Terre. L'aura représente plus fidèlement qui notre être véritable et les chakras en constituent une part importante, car ils relient notre champ physique dense à celui, plus léger, de notre aura.

Les chakras sont donc des points de concentration d'énergie en nous. Quand ils sont en bonne santé, la force vitale circule à travers eux de manière fluide, sans obstacle. Leurs couleurs sont alors claires et lumineuses. En cas de déséquilibre énergétique, c'est tout le contraire : leur teinte est plus dense, plus sombre et plus terne. Souvent lors de leurs séances, les médiums entrent en contact avec la nature de l'énergie qu'ils détectent dans notre champ aurique, et donc dans nos chakras. Tout comme les docteurs en médecine traditionnelle pensent que nous archivons physiquement nos souvenirs dans notre cerveau, bien que le mécanisme exact reste encore à découvrir, les médiums considèrent que nous les conservons spirituellement dans notre champ aurique. Ils peuvent « voir » les souvenirs, les états émotionnels, ainsi que les vies antérieures – toutes sortes d'informations qui, en fait, se trouvent dans nos champs auriques et nos chakras.

Comme vous pourrez le lire au chapitre 2 intitulé *L'Histoire des chakras*, le concept des chakras existe en Inde depuis plus de deux mille ans. Les Taoïstes chinois, quant à eux, font circuler depuis des millénaires leur chi, ou force vitale, à travers différents « points » correspondant plus ou moins au concept des chakras indiens. Les deux systèmes faisaient appel à la visualisation pour éveiller la conscience humaine à l'existence de ces centres d'énergie dans le corps, généralement lors de temps de méditation. Grâce aux écrits, il nous est possible d'étudier la découverte des chakras et du champ plus vaste d'énergie qui entoure les êtres humains, l'aura, et de voir comment leur perception a évolué à travers des millénaires d'histoire.

avec les énergies de chaque chakra, vous pourrez les incorporer à n'importe quelle pratique spirituelle.

Le chapitre 10 explorera quant à lui le domaine mystérieux des chakras additionnels. Leur localisation, leur importance, leur forme et leur fonction varient selon les traditions. Dans ce livre, nous nous concentrerons sur les plus communément reconnus. Comme pour les sept chakras traditionnels, vous pourrez apprendre à vous connecter à ces centres d'énergie supplémentaires et à travailler avec eux pour un éveil thérapeutique, intelligent et spirituel plus profond encore.

Grâce au mini mouvement New Age à la fin du XIXe et au début du XXe siècles, les concepts spirituels de l'Orient sont peu à peu arrivés en Occident depuis maintenant plus de cent ans. Quels que soient leurs horizons et leur foi, les gens ont incorporé les philosophies orientales dans leur vie.

Nous espérons que vous apprécierez la lecture d' *Une intoduction aux chakras.* Les chakras ont un passé haut en couleur qui a grandement contribué au bien-être intérieur, physique, émotionnel et psychique de milliers de personnes dans leur quête spirituelle. Nous souhaitons que ce soit également le cas pour vous.

1

COMMENT UTILISER CE LIVRE

Travailler avec les chakras, et plus largement avec le champ énergétique humain, peut avoir un impact positif sur votre santé et votre bien-être. C'est également un excellent moyen d'entrer en contact avec votre spiritualité intérieure. *Une Initiation aux chakras* est conçu pour vous familiariser avec la localisation des chakras dans votre corps et la façon de vous y connecter par le biais de méditations guidées faciles à suivre. Si vous éprouvez quelque inquiétude concernant la méditation ou le travail énergétique, consultez un médecin avant d'essayer toute pratique décrite dans cet ouvrage. Si, à n'importe quel moment, vous deviez ressentir un malaise physique, mental ou psychologique, merci de demander l'avis de votre docteur.

Traditionnellement, le travail sur l'énergie spirituelle se déroulait sous la supervision d'un professeur expérimenté. L'Occident, avec son éternel esprit d'indépendance, regorge de nombreux autodidactes. Si vous en faites partie, nous vous prions d'avancer pas à pas. Si, à quelque moment que ce soit, vous deviez rencontrer des difficultés, faites-vous aider par un professionnel qui vous guidera. Depuis des millénaires, des millions de personnes découvrent les bienfaits sur leur santé du yoga kundalini et de la méditation en général. Toutes les pratiques mentionnées dans ce livre font partie du registre le plus doux en matière de méditation. Cependant, *Une Initiation aux chakras* n'est que la partie apparente de l'iceberg des philosophies hindoue et New Age : dans les courts chapitres qui vont suivre, nous n'aurons pas la place de partager un tour d'horizon complet des pensées profondes et ancestrales qui forment la base de l'énergie des chakras. Ce livre doit donc être considéré comme un guide amusant et informatif qui, nous l'espérons, vous inspirera à vous lancer dans une quête spirituelle plus riche encore.

Ceci est une introduction au monde des chakras et à la façon dont on peut travailler avec eux. Vous n'êtes pas obligé de lire les différents chapitres de manière consécutive. Choisissez un chakra qui vous intéresse et suivez les exercices du chapitre qui lui est consacré. Vous pouvez refaire ces méditations et ces exercices aussi souvent que vous le souhaitez, jusqu'à ce que vous obteniez les résultats positifs que vous désirez. Nous vous recommandons de réserver entre trente et soixante minutes aux exercices de chaque chapitre afin de les compléter, le mieux étant de les effectuer dans un lieu calme et agréable où vous ne serez pas dérangé. Portez des vêtements confortables et choisissez un endroit où vous pourrez vous asseoir ou vous allonger en restant détendu du début à la fin de votre séance. Vous pouvez travailler à tout moment du jour ou de la nuit et si vous vous endormez en méditant, ce n'est pas non plus un problème ! Cela signifie simplement que vous aviez besoin de vous reposer.

À la fin du livre, vous trouverez une liste de formidables ressources supplémentaires qui vous guideront si vous avez envie d'en apprendre davantage sur l'histoire des chakras jusqu'à aujourd'hui. Vous pourrez enfin retrouver toutes les références mentionnées au fil des pages dans la bibliographie, qu'il s'agisse de livres, ou de sites Internet.

2

L'HISTOIRE DES CHAKRAS

Que sont vraiment les chakras et pourquoi donc s'embêter à essayer de les comprendre ? Afin de répondre à ces questions, il nous faut imaginer la vision du monde des anciens Hindous. Les chakras font partie d'une philosophie bien plus vaste sur la composition de l'univers et la place de l'humanité dans une hiérarchie spirituelle universelle. Situés hors de leur contexte, les chakras peuvent apparaître comme un effet de mode New Age de plus, quand en réalité, c'est absolument tout le contraire.

Le concept des chakras s'est développé dans l'Inde antique et appartient à une philosophie et une pratique spirituelle bien plus étendues appelées yoga kundalini. Le yoga kundalini a vu sa popularité grandir en Inde ancienne à une époque où le védisme et son système sacerdotal, fait de rites complexes et de sacrifices d'animaux, avaient perdu la faveur de la population. De nombreux individus, à la recherche d'une vie spirituelle plus personnelle, ont passé le plus clair de leur vie à méditer ou se sont lancées dans des quêtes spirituelles solitaires. Les initiés ont alors développé plusieurs méthodes de yoga et diverses philosophies reflétant

·deptes du
·fficace
l'on

y a à peu près 2700 ans. Aujourd'hui, seulement quelques deux cent de ces documents ont survécu et seuls certains sont considérés comme des travaux majeurs intéressants. Ces deux cent documents ne peuvent pas être appréciés comme un ensemble, à l'instar des différents livres de la Bible. Chacun possède sa propre perspective, mais ils ont été rassemblés dans un corps de textes appelé Upanishad.

Le terme Upanishad, dérivé des mots sanscrits upa (« près ») et nishad (« s'asseoir »), se traduit approximativement par « aux pieds du professeur ». Les travaux rassemblés dans les Upanishad servaient plus comme des outils exposés par un enseignant expérimenté que comme un guide unique. Les Upanishad les plus anciens parlent de réincarnation, de karma et d'éveil spirituel. Ceux plus tardifs, entre le deuxième siècle av. J.-C. et le deuxième siècle apr. J.-C., évoquent les concepts de chakras, de mantras et de yoga tantrique.

Les Upanishad mentionnent deux forces spirituelles clefs : Brahman et Atman. Brahman est la force de causalité latente et non exprimée de la réalité. Son énergie crée toute chose dans tout univers, mais existe en dehors du temps et de l'espace. Atman est la force de vie, la véritable essence sous-jacente de toute chose vivante. La méditation permet de se connecter à son essence Atman. Le but de la religion hindoue, atteindre l'éveil de soi, ou *moksha*, est de maintenir une connexion telle à l'Atman que nous retournions à notre source Atman et ainsi transcendions la mort et la réincarnation. Ceci est possible car en vérité Atman et Brahman sont une même essence : retourner à l'Atman, c'est revenir au Brahman, au-delà de tous nos concepts intellectuels de réalité.

L'énergie Atman circule à travers le corps le long de lignes spécifiques appelées *nadis*, similaires au concept des méridiens d'énergie de la médecine traditionnelle chinoise. Les nadis sont comme des veines d'énergie qui circulent à travers les êtres vivants. Par endroits distincts, ces canaux d'énergie se croisent dans le corps. À certains de ces croisements, les lignes nadis se replient et s'entortillent, formant des nœuds d'énergie : les chakras.

La méditation apaisait l'esprit, le corps et les émotions et permettait aux adeptes de ressentir la force vitale de l'Atman circuler en eux. C'est par le biais du prana, la respiration, que l'énergie des *nadis* circule dans le corps en un flux au schéma complexe, mais toute cette énergie converge vers le cœur, considéré comme le centre de la conscience. Certains textes décrivent 72000 lignes de *nadis* convergeant vers le cœur, quand d'autres en mentionnent plusieurs centaines de milliers.

Certains textes yogiques décrivent les chakras comme des outils de visualisation utilisés par les yogis adeptes du tantrisme dans leur quête d'éveil spirituel. Dans ce contexte, les chakras n'étaient pas nécessairement considérés comme indépendants de leur visualisation. Les yogis ont créé les chakras au travers de leurs visualisations comme moyen de conserver l'énergie psychique, afin de l'utiliser pendant les pratiques spirituelles plus avancées. Conserver la force vitale était alors une nécessité pour atteindre l'éveil de soi et les disciples pouvaient consacrer leur vie entière à apprendre comment retenir suffisamment d'énergie pour s'éveiller. De nombreux autres yogis pensent que les chakras existent bel et bien et les voient psychiquement comme une énergie lumineuse et vibrante.

À partir du deuxième siècle av. J.-C., ces amas enchevêtrés de nadis ont été reconnus comme des centres distincts d'énergie appelés chakras.

En sanscrit, la langue écrite de l'Inde antique, chakra signifie « roue », d'après la forme perçue par les adeptes. On les a également décrits comme des pétales de fleur, certains chakras possédant deux pétales et d'autres, un nombre infini. Ils ont souvent été dépeints de manières contradictoires, comme c'est encore le cas aujourd'hui. L'endroit où ils se situent, leur couleur, leurtaille, leur nature et leur rôle varient en effet d'une philosophie à l'autre et d'un concept mystique à l'autre.

Le bouddhisme tantrique est une pratique bouddhiste tibétaine qui provient du tantra indien. Les deux divergent quant à la quantité, la localisation et la constitution des chakras dans le corps. D'autres traditions, dont les yogas laya et kundalini, ainsi que la religion de Radha Soami (XIXe siècle), pour ne nommer qu'eux, ont diffusé leur propre vision des chakras et du développement spirituel énergétique au cours des deux derniers millénaires.

Aujourd'hui encore, il n'existe aucun consensus en philosophie indienne sur le schéma de circulation des *nadis*, le nombre de fois où leurs lignes s'entortillaient pour former les points de chakras, ni sur la localisation de ces centres dans le corps. Au début du XXe siècle, le gourou Sri Aurobindo a reconnu l'existence de sept chakras, mais il était le seul à enseigner leur importance et leur signification. Cependant, le rôle essentiel que jouent les chakras dans notre bien-être physique et spirituel est universellement accepté et à travers les millénaires, la connaissance traditionnelle des chakras et des champs d'énergie humains a continué à se développer.

Avec le temps, le paysage religieux n'a cessé de se diversifier en Inde. Dans le sous-continent indien, le bouddhisme et le jaïnisme ont émergé à partir des fondements de la religion et de la philosophie hindoues. Ces deux nouvelles religions ont volontiers adopté le développement spirituel personnel et le concept des chakras, tandis que les traditions mystiques de leurs ancêtres, comme les croyances dans le karma, la réincarnation et l'éveil, sont restées vivaces. De nombreuses pratiques spirituelles orientales ont fini par arriver en Occident, tout particulièrement au début du XIXe siècle.

Aux XIXe et XXe siècles, plusieurs auteurs et personnalités influentes ont forgé la vision occidentale de la religion et du mysticisme orientaux. Ces perspectives ont résisté à l'épreuve du temps et ont formé la base du mouvement New Age et de la pop spiritualité moderne : c'est de ces pensées que la majeure partie des informations contenues dans ce livre s'inspire. Plus que toute autre, l'opinion de ces auteurs sur les chakras a résolument façonné les philosophies New Age.

En 1875, Helena Blavatsky a créé la Société Théosophique dont plusieurs membres fondateurs – notamment Annie Besant, Charles Leadbeater et Henry Olcott – ont écrit des livres sur des sujets métaphysiques allant des Maîtres Ascensionnés et les sept rayons à la clairvoyance et la magie. Blavatsky affirmait que certains de ses enseignements lui étaient transmis par les Maîtres Ascensionnés, les Mahatmas ou la Grande Fraternité Blanche, qui vivaient dans un endroit secret au Tibet. En tant que groupe, la Société Théosophique a défendu les croyances anciennes dans le pouvoir du chiffre sept, les appliquant à toute une série de concepts métaphysiques, dont les chakras. En 1927, Charles Leadbeater a publié un ouvrage intitulé *Les Chakras : centres de forces* et, suivant la tradition théosophique, a reconnu l'existence de sept chakras. Il les a décrits comme étant généralement

Chakras

CHAKRAS - LE PETIT LIVRE DE L'ESOTERISME

paru en 1923, qui liste trente et un chakras principaux dans un éventail de couleurs, dont la teinte « fumé ».

C'est Christopher Hills qui est à l'origine de notre concept contemporain des sept chakras correspondant aux sept couleurs de l'arc-en-ciel. Son livre publié en 1977, *Nuclear evolution : discovery of the rainbow body*, a eu une profonde influence, souvent oubliée, sur le mouvement New Age. Bien que son ouvrage détaillât minutieusement les qualités de chaque chakra, les lecteurs ne s'y sont pas particulièrement attardés. C'est en revanche l'association facile à retenir des sept chakras aux sept couleurs de l'arc-en-ciel qui est restée dans les esprits.

Près de dix années plus tard, en 1988, le livre de Barbara Ann Brennan, *Le Pouvoir bénéfique des mains*, a adopté une approche scientifique des chakras et les a présentés aux lecteurs comme des vortex d'énergie actifs émergeant à l'avant et à l'arrière du corps humain. Selon l'auteur, ces vortex sont connectés aux forces cosmiques, un concept qu'elle utilise abondamment dans sa pratique thérapeutique. Selon elle, les chakras-vortex sont présents dans de nombreux endroits du corps, notamment les mains, les pieds et la plupart des articulations. L'approche des chakras de Barbara Ann Brennan ou de Christopher Hills semble avoir été influencée par les théosophistes. Au XXIe siècle, les avis sur le comment et le pourquoi des chakras continuent d'évoluer.

Au final, ce sont les théosophistes qui ont le plus influencé la compréhension occidentale des chakras et près de cent ans plus tard, leurs travaux inspirent discrètement les auteurs contemporains New Age. Au fur et à mesure qu'une plus grande attention est portée à ces centres d'énergie dans le corps humain, de nouvelles idées sur leur fonction et leur rôle émergent. Nous avons tous l'opportunité de développer notre connaissance personnelle de nos propres chakras. Vous pourriez être surpris de constater à quel point il est facile de les sentir. Avec la pratique, vous allez pouvoir les voir, les percevoir et travailler avec eux, ainsi qu'avec d'autres centres d'énergie dans votre corps, et ce, de manière transformative. Du concept d'origine des chakras en tant que visualisations à leur représentation par Barbara Brennan en vortex actifs de lumière tridimensionnels, nos idées et croyances sur les chakras ont changé de manière radicale au cours de ces deux derniers millénaires et vont encore continuer d'évoluer et de s'enrichir.

En sanscrit, le mot *muladhara* signifie « qui soutient la racine ». Situé à la base de la colonne vertébrale, le chakra Racine est décrit dans la plupart des traditions comme étant de couleur rouge. Certains la voient aussi lumineuse que le rouge cerise, d'autres se positionnent davantage sur des tonalités de brun. La perception de la couleur d'un chakra est en partie liée à sa luminosité et son intensité – plus il est lumineux et intense, mieux c'est. Puisque les chakras sont faits d'énergie, nous les voulons clairs et lumineux, et non voilés ou sombres.

Selon la tradition tantrique, le chakra Racine possède quatre pétales d'un rouge profond.

Muladhara gouverne la survie, la sécurité et votre cheminement dans le monde. Ce chakra n'est que soutien : il soutient le reste de votre corps physique, car il est à la base de votre colonne vertébrale. Il est aussi lié à la façon dont vous vous sentez soutenu dans ce monde d'un point de vue matériel. Un chakra Racine clair et en bonne santé apportera vitalité à vos pieds et vos jambes. L'énergie qui y circulera sera forte et riche.

Quand il est équilibré, Muladhara irradie la sûreté, la quiétude et la stabilité. Il vous aide à vous sentir en sécurité dans le monde, sûr que vos besoins seront satisfaits, tout particulièrement vos besoins physiques en matière d'abri, de nourriture, d'eau, de sommeil, de vêtements et de confort matériel. En raison de notre désir de stabilité et de sécurité en ce monde, nous puisons tous de la force dans notre chakra Racine.

La gravité est la force la plus influente de ce chakra. En substance, il maintient vos pieds ancrés au sol en douceur et sans effort. « Ancré » est un terme que vous avez peut-être déjà entendu et qui se réfère au chakra Racine. Être ancré signifie que vous êtes fermement campé et présent dans votre corps et sur la planète.

Le corps et la présence sont essentiels à la santé et au bonheur. Dans l'idéal, le corps se sent ancré et présent, un sentiment né de la sécurité que confère Muladhara. Force et équilibre dans le chakra Racine ouvrent la voie à une vie stable et sûre.

EXERCICE : MÉDITATION POUR VOUS CONNECTER À VOTRE CHAKRA RACINE

Vous connecter plus intensément à votre chakra Racine – comme à tous vos chakras – vous aidera à en développer une plus grande conscience. Cela va vous permettre de prendre conscience des vortex qui tournoient en vous, animant votre feu intérieur, et vous aider à maîtriser leur pouvoir. En sentant votre chakra Racine, vous énergiserez votre être et vous sentirez plus présent dans ce monde.

Choisissez un endroit calme et paisible où vous ne serez pas dérangé pendant une quinzaine de minutes. Installez-vous aussi confortablement que possible. Vous pouvez vous asseoir ou vous allonger – optez simplement pour une position dans laquelle il vous sera relativement impossible de vous endormir. Si vous vous assoupissez pendant la séance, ce n'est pas grave. Cela signifie juste que votre corps souhaitait aller plus loin et ouvrir plus largement une source de guérison en vous, ce qui fonctionne mieux avec votre esprit conscient sur le banc de touche pendant quelques instants.

Fermez les yeux et prêtez attention à votre respiration. Tandis que vous écoutez l'air entrer et sortir de votre bouche, commencez à respirer plus lentement et plus profondément. Sentez votre corps se détendre et plongez plus intensément dans le rythme de votre respiration et la sérénité de ce moment.

Maintenant, visualisez la version la plus claire, lumineuse et éclatante de rouge que vous pourrez imaginer. Représentez-vous cette couleur faite de rayons et de particules. Laissez ce rougeoiement pénétrer votre vision intérieure. Concentrez-vous sur la couleur et acceptez de ne faire peu à peu qu'un avec elle, tout en douceur.

Ensuite, placez vos mains sur la partie la plus basse de votre abdomen ou même sur vos fesses. Sentez vos mains entrer en contact avec votre chakra Racine et visualisez maintenant cette magnifique couleur rouge s'y épanouir. Sentez-la palpiter à cet endroit.

Répétez alors à voix haute le bija mantra associé au chakra Racine, « Lam ». Prononcez le mot tandis que vous sentez vos mains en contact avec l'énergie active du chakra en vous. Répétez « Lam » et sombrez plus profondément encore dans la conscience de votre chakra Racine.

Répétez le mantra ainsi que ce processus aussi longtemps que vous le souhaitez. Quand vous sentez que vous avez terminé, ramenez votre conscience à la pièce dans laquelle vous vous trouvez et frottez-vous vigoureusement les mains, les pieds, les jambes et les bras en disant : « Je suis là maintenant. Je suis présent. ». Assurez-vous de vous sentir de nouveau pleinement vous-même avant de poursuivre vos activités de la journée. Boire de l'eau peut aider.

Chacun de vos chakras est associé à une ou plusieurs glandes endocrines. Le chakra Racine gouverne les glandes surrénales, qui se situent au-dessus de vos reins et entrent en action quand vous vous trouvez dans une situation de stress et adoptez une réponse combat-fuite. Elles sécrètent beaucoup d'adrénaline dans les situations de crise.

La fatigue surrénale est l'un des dysfonctionnements endocriniens associés aux glandes surrénales. Elle est symptomatique de glandes surrénales défaillantes et/ou hyperactives. Dans votre quotidien moderne, bien que vous ne vous trouviez que rarement en danger physique immédiat, vos glandes surrénales peuvent mal comprendre le stress émotionnel et mental et réagir comme si vous encourriez un danger

mortel. La méditation et la relaxation c…
holistiques dans cette situation.

Les endroits du corps associés au chakra Rac…
jambes, le périnée, le plexus coccygien, le rectum e…
Certains signes physiques qui peuvent potentiellement i…
chakra Racine ne fonctionne pas bien incluent les hémorroïdes…
blèmes intestinaux, comme la constipation et la diarrhée ; la scia…
les douleurs dans les genoux et le bas du dos.

Un dysfonctionnement émotionnel, mental ou spirituel dans ce chakra se manifeste par une avidité de possessions matérielles, une tendance excessive à amasser des provisions, le sentiment d'être à la dérive ou dans les nuages, ainsi qu'une peur excessive ou irrationnelle.

Afin d'encourager santé et vitalité dans ces domaines, vous pouvez visuellement absorber des nuances claires et vibrantes de rouge, tout particulièrement si vous sentez que le chakra n'est pas assez actif ou n'est pas traversé par suffisamment de chi ou d'énergie. Ce chakra étant spécifiquement associé à la Terre et au sol, l'une des choses les plus saines que vous puissiez faire pour l'aider est de vous promener pieds nus dans la nature. Si cela n'est pas possible, être dehors est une bonne solution de rechange. Le fait de s'allonger dans un parc, une prairie, ou bien sur une plage et de se trouver près de la Terre vont renforcer ce chakra et pourra également équilibrer vos glandes surrénales.

Lorsque vous pensez à la vitalité de votre chakra Racine, songez à ce qui fait votre socle et comme celui-ci est à la base de toute chose dans votre vie. Imaginez ce qui se passerait si vos croyances les plus profondes, vos pensées fondamentales et vos sentiments étaient tous alignés avec l'énergie la plus saine possible. Imaginez ce qu'il adviendrait si vos besoins, votre sécurité et votre sérénité personnelle étaient totalement pourvus. C'est cela que l'énergie du chakra Racine alimente.

Si la force vitale de votre chakra Racine est en équilibre, vous vous sentirez en sécurité au volant de votre voiture. Vous aurez le sentiment de ne manquer de rien d'un point de vue matériel. Vous aurez l'impression de vous tenir fermement, bien campé, sur la Terre tandis que vous parcourez votre chemin de vie. Votre chakra Racine est une source de force dans le monde physique. Soyez ancré dans le moment présent. Soyez ancré dans votre vie. Soyez ancré dans le monde. Soyez là maintenant.

EXERCICE : ACTIVITÉ POUR VOUS CONNECTER À VOTRE CHAKRA RACINE

Pour votre chakra Racine, il est avant tout question que vous soyez présent dans votre vie et que vous vous sentiez ancré. Faites la méditation ci-après fréquemment afin d'entrer en contact avec les racines qui vous rattachent à la planète, vous nourrissent et vous soutiennent. Lisez à voix haute ou en silence, ou bien enregistrez-vous pour la diffuser plus tard si cela vous est plus facile. Pour cet exercice, vous pouvez être assis ou allongé. Vous pouvez le réaliser à l'intérieur ou dans un endroit à l'extérieur paisible et sûr, où vous pourrez vous détendre et profiter pleinement du moment.

Portez votre attention sur vos voûtes plantaires. Imaginez que des racines sortent de chacun de vos pieds et de votre coccyx ; projetez-les dans la Terre. Elles peuvent s'entrelacer pour ne former qu'une seule et même racine, ou rester séparées en deux ou trois parties. Toutes ces variantes sont bonnes et vous n'êtes pas obligé de savoir laquelle est en train de se produire actuellement.

Ressentez ces racines s'enfoncer de plus en plus profondément dans le sol, dans la terre, traversant la matrice de pierres et de cailloux, traversant des aquifères remplis d'eau. Continuez à faire grandir vos racines, les faisant plonger dans le magma du manteau terrestre. Pour finir, faites-les se développer dans le noyau de la Terre. Sentez comme elles sont aspirées dans le noyau interne de la planète. Maintenues. Stables. Fortes. Ancrées.

Sentez l'énergie et la vibration de la Terre courir le long de vos racines et remonter jusqu'à vos pieds et votre coccyx. Sentez comme elle palpite en vous. Entendez le battement de cœur interne de la planète.

Entendez-le battre doucement tel un tambour. Ne faites qu'un avec ce son qui transcende les dimensions.

Faites l'expérience d'une communion profonde avec la Terre. Ressentez son amour pour vous grandir dans chaque cellule de votre corps. Tout va bien pour vous et votre mère, la Terre. Sa force est infinie et elle partage cette source de stabilité et de puissance avec vous, son enfant. Remerciez-la pour cet immense cadeau.

Laissez maintenant votre conscience revenir à la pièce ou à l'endroit où vous vous trouvez assis ou allongé. Sentez tout ce que votre corps touche – la chaise, le lit, le sol. Remuez vos orteils et vos doigts.

Votre conscience pleinement dans le moment présent, les yeux grands ouverts, ressentez votre ou vos racine(s) vibrer sous vos pieds. Maintenez cette conscience aussi longtemps que vous le pouvez. Marchez un peu, sentant toujours la présence de vos racines.

Portez votre attention sur vos voûtes plantaires. Vivez pleinement le fait d'être complètement présent et ancré dans le moment, dans l'instant, le MAINTENANT.

AFFIRMATION DU CHAKRA RACINE

« Je suis ancré et présent dans ma vie. »

4

SVADHISTHANA LE CHAKRA SACRÉ

En sanscrit, le mot *svadhisthana* signifie « douceur ». Le chakra Sacré est situé dans le bas-ventre et l'utérus. Il est généralement considéré comme étant de couleur orange. Certaines personnes le visualisent d'un orange clair et vif, à l'image du fruit. D'autres le voient un peu plus pâle ou doré. Plus vous percevez le chakra comme lumineux, plus il est équilibré. Nous voulons que vos chakras soient éclatants, clairs et emplis de lumière, car cela veut dire que l'énergie circule et est harmonieuse. Pour dissoudre les blocages dans vos chakras et libérer l'énergie, attachez-vous à les remplir de lumière et à relâcher tous les fardeaux du passé que vous pourriez y retenir.

Dans la tradition tantrique, ce chakra possède six pétales rouge vermillon. Dans ce chapitre, nous allons travailler à partir de la théorie occidentale des chakras, selon laquelle il est orange.

Svadhisthana gouverne le plaisir, le désir, la sexualité, la sensualité et la procréation. Il s'agit de savourer la douceur de vivre et de se sentir bien. Ce chakra enflamme votre expérience du monde en faisant appel à vos sens et à vos émotions : il est complexe, riche et, lorsqu'il est équilibré, source de gratification. Un chakra Sacré harmonieux et vibrant d'énergie vous aidera à profiter pleinement de la vie. Il apporte la vitalité grâce au plaisir et à la satisfaction et peut se révéler une grande source de joie.

Lorsqu'il est équilibré, Svadhisthana vous donne la capacité de naviguer parmi les changements et les polarités de la vie. Il renvoie également au plaisir, au mouvement, aux émotions, à la sexualité et au réconfort. Il vous aide à accéder à l'expérience sensorielle de la vie et à intégrer cette énergie dans vos corps subtils. Le désir humain de procréation et de proximité avec un partenaire amoureux fait partie de la danse du chakra Sacré.

La force principale du Svadhisthana repose sur le fait que les opposés s'attirent. Vous pouvez considérer cela d'un point de vue purement physiologique, avec les hommes et les femmes et les zones du corps gouvernées par le chakra Sacré s'opposant pour aboutir à la procréation. C'est la raison pour laquelle ce chakra est votre centre d'énergie créatrice. C'est là que vous donnez naissance à ce que vous voulez manifester ou partager avec le monde.

Se sentir dynamique et créatif est essentiel pour mener une vie heureuse. Idéalement, vous vous sentez vital, vivant, prolifique et vous faites l'expérience quotidienne des plaisirs sensoriels qu'offre la vie (pas uniquement sur le plan sexuel). Ces sentiments émanent d'un chakra Sacré en bonne santé. La créativité et la douceur dans le chakra Sacré ouvrent la voie à une vie de plaisir et de bien-être.

EXERCICE : MÉDITATION POUR VOUS CONNECTER À VOTRE CHAKRA SACRÉ

Être plus intensément connecté à votre chakra Sacré aidera à développer votre intuition en vous faisant prendre conscience de tous vos chakras. Cela vous permettra également de renforcer son énergie et d'enrichir votre vie grâce à la vitalité et au plaisir. Sentir l'énergie de votre chakra Sacré vous fera goûter, vous aussi, à la douceur de ce monde.

Pour pratiquer cette méditation, choisissez un lieu tranquille où vous ne serez pas dérangé pendant une quinzaine de minutes. Vous pouvez vous asseoir ou trouver un endroit confortable pour vous allonger. Si vous vous endormez pendant cette séance, ce n'est pas un problème. Ceci se produira seulement si vous avez très sommeil, ou si votre corps désire aller plus loin dans le soin et le nettoyage que vous réalisez : il souhaitera mettre votre esprit conscient de côté l'espace de quelques minutes.

Détendez-vous et sentez le contact de vos vêtements sur votre peau, la chaise ou le canapé sur lequel vous vous trouvez. Sentez l'air sur votre peau nue. Est-ce frais, chaud, réconfortant ? Maintenant, essayez de porter votre attention sur l'air que vous inspirez et expirez. Prenez conscience qu'il circule dans votre bouche et votre gorge. Est-ce pur, frais ? Continuez à vous focaliser sur votre respiration. Sombrez plus profondément encore dans le son de son mouvement. Avec chaque respiration, laissez vos muscles se relâcher davantage et sentez comme votre corps s'enfonce dans la chaise ou le canapé. Laissez chaque expiration libérer toujours plus de tension.

Maintenant, visualisez un orange magnifique, lumineux et vibrant. Imaginez qu'il est fait de particules ou de rayons de lumière, comme vous préférez. Observez cet orange irradier l'écran de votre vision intérieure. Concentrez-vous sur la couleur et laissez-vous attirer par elle. Focalisez votre attention sur elle jusqu'à ne faire plus qu'un avec elle.

Ensuite, placez vos mains sur votre bas-ventre. Sentez-les se connecter à votre chakra Sacré tandis que vous continuez à visualiser la merveilleuse couleur orange de ce chakra. Sentez comme l'énergie orange vibre sous vos mains, dans le chakra.

Répétez alors le bija mantra associé au chakra Sacré, « Vam ». Tandis que vous prononcez le mot, sentez vos mains entrer en contact avec l'énergie en mouvement du chakra sous votre peau. Répétez « Vam » et continuez à être aspiré dans la conscience de votre chakra Sacré.

Répétez le mantra aussi longtemps que vous le souhaitez. Vous pouvez pratiquer cette méditation aussi fréquemment que vous le voulez pour renforcer ce chakra. Quand vous avez le sentiment d'avoir terminé pour cette fois, ramenez votre conscience à la pièce dans laquelle vous vous trouvez. Portez votre attention sur chacun de vos sens et prenez conscience de votre environnement. Que voyez-vous ? Quelles odeurs sentez-vous ? Qu'entendez-vous ? Quel est le goût que vous avez en bouche ? Frottez-vous vigoureusement les bras et les jambes. Notez ce que vous ressentez d'un point de vue cinétique. Assurez-vous complètement revenu à vous-même avant de retourner à vos activités quotidiennes. Buvez beaucoup d'eau pour aider les énergies que vous avez engrangées à être assimilées.

Votre chakra Sacré est associé à vos ovaires ou à vos testicules, ces glandes endocrines qui sécrètent les hormones et gouvernent principalement ce chakra. Les ovaires libèrent des ovules pour qu'ils soient fécondés et aussi des œstrogènes, de la progestérone et de la testostérone. Les testicules, quant à eux, produisent le sperme et la testostérone.

Si ces glandes endocrines ne fonctionnent pas correctement, cela peut avoir pour conséquences des troubles de l'érection, une baisse de la libido et des problèmes liés à la fertilité. Dans nos vies modernes, nous sommes exposés à une multitude de produits chimiques et de xénœstrogènes (de faux œstrogènes). L'organisme prend ces derniers à tort pour des œstrogènes. On les retrouve principalement dans les produits d'entretien traditionnels tels que l'eau de javel, les substances chimiques utilisées pour le nettoyage à sec et les plastiques. Éliminer ou limiter votre exposition à ces substances devrait aider votre corps. Parmi les remèdes holistiques qui viennent en soutien à ces glandes endocrines, on peut citer la visualisation guidée et l'acupuncture.

Les autres parties du corps associées au chakra Sacré sont l'utérus, les organes génitaux, les reins, la vessie, l'appareil cardiovasculaire, la prostate et le plexus sacral. Certains signes potentiels d'un dysfonctionnement du chakra Sacré incluent les affections de l'utérus, de la vessie et de la prostate ; les maladies rénales ; des raideurs dans le bas du dos ; de l'anémie.

Un dysfonctionnement émotionnel, mental et spirituel de ce chakra se manifeste par une addiction au sexe, des débordements incontrôlables d'émotions ou un manque de réponse émotionnelle.

Pour encourager la santé et la vitalité de ce chakra, vous pouvez visualiser des nuances claires et lumineuses d'orange, surtout si vous avez le sentiment qu'il n'est pas suffisamment actif. Vous pouvez aussi porter de l'orange, par exemple un orange doux tirant davantage sur le pêche, pour vous aider à accepter la douceur de la vie. Comme ce chakra est associé spécifiquement aux plaisirs simples de l'existence, vous pouvez également vous adonner à toute activité qui vous procure un plaisir sain.

EXERCICE : ACTIVITÉ POUR VOUS CONNECTER À VOTRE CHAKRA SACRÉ

Votre chakra Sacré n'est que bien-être et plaisirs sensoriels. Il est également associé à l'élément Eau . Pour cette activité, vous allez avoir besoin de sel de mer, d'un moment de tranquillité pendant lequel vous ne serez pas dérangé et d'une baignoire ou d'une douche.

Si vous possédez une baignoire, faites-vous couler un bain. Sinon, suivez le même processus debout sous la douche. Entrez-y et appréciez la sensation de l'eau sur votre peau. Prêtez une attention toute particulière à la chaleur qu'elle dégage.

Prenez ensuite votre sel marin et frottez-en quelques poignées sur vos bras et vos jambes, comme un exfoliant. Concentrez-vous sur les sensations sur votre peau. Remarquez comme c'est agréable. Est-ce trop fort ? Ou bien est-ce revigorant ? Pouvez-vous vous connecter à vos sens ? Aimeriez-vous ajouter à cette expérience une huile essentielle à l'odeur agréable? Ou boire un délicieux thé et écouter une musique douce ? Concentrez-vous sur vos cinq sens et écoutez votre corps.

Voici donc l'essence d'un chakra Sacré équilibré : être présent pour les plaisirs sensoriels dont votre corps fait l'expérience. Connectez-vous à ces sensations et sentez la force de votre chakra grandir.

AFFIRMATION DU CHAKRA SACRÉ

« Je ressens le plaisir au plus profond de mon être
et j'accepte d'en retirer une force vitale. »

5

MANIPURA
LE CHAKRA DU
PLEXUS SOLAIRE

En sanscrit, le mot *manipura* signifie « joyau brillant ». Manipura est un chakra qui se situe dans votre plexus solaire, dans une zone localisée entre votre nombril et votre appendice xiphoïde. Dans la plupart des traditions, ce chakra est décrit comme étant de couleur jaune. On considère habituellement qu'il est d'une teinte vive, qui dégage un fort éclat. Une façon de déterminer si ce chakra est en bonne santé consiste à voir s'il est d'une couleur vibrante et lumineuse. Pour vous représenter le chakra du Plexus Solaire, imaginez une dynamo d'un jaune brillant.

Pour les traditions tantriques, il est formé de dix pétales bleus et d'un triangle pointant vers le bas, orné des croix solaires hindoues et présentant à sa base un bélier qui court. Dans ce livre, nous allons nous concentrer sur le modèle de pensée occidental selon lequel ce chakra est jaune.

Manipura gouverne votre force intérieure, votre confiance, votre assurance et votre volonté. Ce chakra n'est que pouvoir : il l'insuffle au reste de votre corps et est lié à la façon dont vous utilisez votre force et votre volonté. C'est le chakra du Plexus Solaire qui fait que vous êtes unique. Il vous permet de vous transformer grâce à votre volonté et votre flamme intérieure. Lorsqu'il est clair et lumineux, un chakra du Plexus Solaire vous aide à exercer votre pouvoir personnel global dans le monde.

Quand il est équilibré, ce chakra irradie l'autonomie, l'estime de soi, la confiance et le libre arbitre. Il vous aide à avoir foi en vous et à être indépendant dans le monde. Il est là pour que vous puissiez facilement satisfaire vos besoins de validation et de liberté. Nous désirons tous nous sentir souverains dans notre propre sphère et y jouer un rôle actif de catalyseur. En raison de ces besoins, nous éprouvons naturellement le désir de renforcer le chakra du Plexus Solaire.

La combustion est la force la plus influente du chakra du Plexus Solaire. C'est l'essence-même de la transformation et du pouvoir, la véritable flamme de la métamorphose. Ce chakra vous apporte vigueur et vitalité. Il allume votre feu intérieur et vous insuffle la force indispensable pour agir dans le monde. Il est essentiel pour accomplir toute tâche qui nécessite beaucoup d'énergie.

Votre force intérieure joue un rôle intrinsèquement important dans votre vie. Idéalement, votre corps se sent capable et puissant et votre estime de soi est forte et solide. Ce sentiment naît de l'énergie dégagée par le chakra du Plexus Solaire. Pouvoir et équilibre dans ce centre vital énergétique ouvrent la voie à une vie riche en succès et en réussites.

EXERCICE : MÉDITATION POUR VOUS CONNECTER À VOTRE CHAKRA DU PLEXUS SOLAIRE

Développer votre conscience du chakra du Plexus Solaire vous aidera à vous sentir plus confiant et plus compétent face au monde. Cela vous permettra également de renforcer votre connexion à tous vos chakras et vous ouvrira les yeux sur le monde d'énergie qui existe en vous. Entrer en contact avec votre chakra du Plexus Solaire, c'est prendre davantage conscience de votre pouvoir intérieur.

Trouvez un endroit calme et paisible où vous pourrez profiter de la solitude pendant environ un quart d'heure. Détendez-vous dans cet espace et respirez profondément. Vous pouvez vous allonger ou vous asseoir en position méditative, jambes croisées, ou bien vous installer sur une chaise si vous le souhaitez.

Fermez les yeux et détendez-vous au rythme de votre respiration, entrez dans le tempo de l'air qui pénètre votre corps et en ressort. Laissez-vous aller à cette sensation, à cette cadence. Laissez votre respiration ralentir un peu et se faire plus profonde.

Maintenant, visualisez intérieurement un jaune éclatant et vibrant. Il est fait de lumière. Regardez-le briller devant vous. Il peut emplir totalement votre esprit, ou peut-être le percevez-vous comme une sphère ou une masse d'énergie colorée. Entrez dans ce jaune vibrant. Ressentez son éclat doré.

Ensuite, placez vos mains sur votre plexus solaire. Sentez-les se connecter à ce chakra. Laissez vos mains et Manipura échanger leur énergie. Prenez conscience de la vibration entre les deux. Remarquez comme dans cette énergie, la couleur est d'un jaune magnifique. Percevez sa beauté.

Commencez alors à répéter intérieurement le bija mantra pour ce chakra, « Ram ». Puis prononcez le mot à haute voix tandis que vous sentez vos mains connectées à l'énergie du chakra, qui circule et tourbillonne en vous.

Continuez à répéter le mantra et à ressentir la puissance de ce chakra aussi longtemps que vous le souhaitez. Lorsque vous êtes prêt à terminer votre séance, retirez lentement vos mains et ramenez votre conscience à la pièce dans laquelle vous vous trouvez. Frottez vigoureusement vos bras et vos jambes et dites à voix haute : « Je suis là maintenant. Je suis présent. ». Assurez-vous de vous sentir pleinement présent dans votre environnement avant de reprendre le cours de votre journée. N'oubliez pas de boire beaucoup d'eau dans les heures qui suivent.

Le chakra du Plexus Solaire est associé à votre pancréas. Cet organe est une glande à la fois exocrine et endocrine. Nous aborderons sa fonction exocrine dans un instant. En tant que glande endocrine, il sécrète les hormones insuline et glucagon pour contrôler les taux de sucre dans le sang.

Lorsque cette glande endocrine ne fonctionne pas correctement, de l'hypoglycémie et du diabète de type 1 peuvent survenir. L'hypoglycémie a de nombreuses causes. L'une des plus rares advient quand le pancréas sécrète de l'insuline en trop grande quantité. Avec le diabète de type 1, il n'en produit pas suffisamment. Parmi les remèdes holistiques à ces deux problèmes, on peut nommer la pratique du taï-chi et du yoga, ainsi que l'Ayurveda (une forme de médecine traditionnelle hindoue fondée sur l'harmonie de tous les éléments du corps et de l'esprit, un régime alimentaire approprié, des traitements à base de plantes et des exercices de respiration yogique).

Les autres parties du corps associées à ce chakra sont le système digestif dans son ensemble, les muscles, ainsi que la fonction exocrine du pancréas, qui sécrète des enzymes pour fragmenter les protéines, les lipides, les glucides et les acides nucléiques des aliments. Un dysfonctionnement de ce chakra a certaines répercussions physiques, notamment des ulcères et des troubles digestifs.

Sur le plan émotionnel, spirituel ou mental, un dysfonctionnement de ce chakra prend souvent la forme d'un excès de colère et de rage, qu'il soit refoulé ou exprimé de façon inappropriée. Généralement, les personnes facilement irritables doivent équilibrer et apaiser leur chakra du Plexus Solaire. Il est possible d'apprendre des techniques de gestion de la colère auprès d'un professionnel qualifié.

La vitalité et la bonne santé de ce chakra peuvent être développées en absorbant visuellement des nuances de jaune clair. Si le chakra est hyperactif et quand trop de rage et de colère sont présentes, un jaune pastel peut l'apaiser et contribuer à le calmer. Si Manipura n'est pas suffisamment actif ou lorsque vous avez besoin de plus de confiance pour développer votre charme ou votre feu intérieur, alors des nuances d'un jaune clair, lumineux, fort et vibrant vous aideront.

Faire de l'exercice de façon vigoureuse pourra améliorer la vitalité du chakra du Plexus Solaire, tout comme les activités de renforcement de toutes sortes. Travailler sur votre résistance, votre endurance et votre force va en effet aider ce chakra à fonctionner avec clarté et aisance. Autre façon de soutenir Manipura : mettre l'accent sur le renforcement de votre estime de soi. Cela peut se faire rapidement en prenant par exemple conscience de votre voix critique intérieure et en essayant de remplacer ses réflexions par des pensées positives, ou en créant une liste d'au moins trente choses merveilleuses à votre sujet. Traitez-vous avec bienveillance et respect, et votre chakra du Plexus Solaire aura l'opportunité de se clarifier et de devenir plus fort.

Parce que votre volonté est concentrée dans votre chakra du Plexus Solaire, ce dernier se doit d'être en harmonie car il affecte votre capacité à introduire vos créations dans le monde et à faire avancer vos projets. Votre troisième chakra joue un grand rôle dans votre réussite dans le monde. Dans notre société, il est possible de faire prendre à des situations la direction que vous souhaitez par la force de votre volonté. Une méthode qui peut largement impacter, notamment, votre carrière professionnelle.

Vous pouvez faire appel à votre volonté pour faire avancer les choses à condition d'équilibrer cette force en vous assurant, de manière délibérée, que tout ce qui va en ressortir est toujours dans le meilleur intérêt de toute vie, y compris la vôtre. Recherchez les situations gagnantes en réponse aux circonstances dans votre vie et sachez que votre détermination peut être forte et individuée. Acceptez qu'elle jaillisse dans la direction que vous souhaitez, telle une rivière de vibration. Vous pouvez créer ce flot infini et éblouissant, y pénétrer et exploiter toute la puissance de votre énergie pour vous bâtir la meilleure des vies.

EXERCICE : ACTIVITÉ POUR VOUS CONNECTER À VOTRE CHAKRA DU PLEXUS SOLAIRE

Le refoulement de la rage ou de la colère est l'une des principales raisons de blocage du chakra du Plexus Solaire. Réprimer sa colère est une chose complètement naturelle que nous faisons pratiquement tous dans une certaine mesure. Le Docteur John Sarno, orthopédiste de renom, a consacré sa carrière professionnelle à l'étude du rôle que jouent les émotions refoulées dans la guérison du corps.

Au cours de plus de quinze ans de carrière en médecine holistique intuitive, Amy, l'un des deux auteurs de ce livre, a pu constater que l'endroit où les gens enfouissaient le plus souvent leur colère réprimée était au plus profond de leur chakra du Plexus Solaire. L'activité qui va suivre va vous permettre de créer facilement une valve de sécurité pour cette énergie plus dense et de libérer ainsi cet espace pour une énergie plus légère, faite de force et de confiance.

Trouvez un endroit isolé où personne ne pourra vous observer, de préférence où vous pourrez faire un peu de bruit. Si possible, choisissez-le à l'extérieur, mais l'intérieur (idéalement en rez-de-chaussée) fera aussi l'affaire. Pendant cet exercice, vous allez expulser votre colère et votre rage dans la Terre. La Terre peut recycler toute énergie générée par les humains, les plantes, ou les animaux. Dans ce cas, la Terre absorbera votre colère et la recyclera en lumière blanche qu'elle utilisera ensuite comme énergie. C'est un arrangement gagnant-gagnant entre la Terre et vous.

Tenez-vous debout, bien droit, et fermez les yeux. Respirez profondément avec le ventre et commencez à taper des pieds. Stoppez l'exercice et lors de votre prochaine grande inspiration, visualisez l'air pénétrer votre corps. Puis, en expirant vivement, imaginez qu'il ressorte par votre plexus solaire et commence à former un nuage d'orage devant vous.

Lorsque le nuage est complètement formé, prenez une profonde inspiration en la sentant véritablement dans votre plexus solaire. Ensuite, en expirant avec force, visualisez un éclair sortir du nuage d'orage et aller droit dans la Terre. Faites ceci plusieurs fois et continuez à faire s'abattre la foudre profondément dans la Terre. Elle représente votre colère refoulée. Laissez-la simplement partir. Continuez : expirez avec force et envoyez les éclairs vers le bas. Vous pouvez également taper dans vos mains, crier et taper des pieds. Laissez-vous totalement aller, lâchez prise et libérez tous les sentiments accumulés en vous. Vous ne saurez pas à quoi ils sont liés. Ce n'est pas grave, c'est même plus efficace ainsi. Laissez votre esprit à l'écart de tout cela et soyez présent dans votre corps. Faites ceci aussi longtemps que vous le voulez. Vous saurez quand vous aurez terminé, car vous sentirez le processus ralentir. Il est possible que vous vous sentiez fatigué avant de finir et que vous ayez besoin de faire cet exercice plusieurs fois. Ce n'est pas grave non plus. Rien ne presse.

Lorsque vous êtes prêt à amorcer la fin de l'exercice, laissez votre respiration revenir à la normale et prenez quelques instants pour vous asseoir et vous serrer dans vos bras. Notez ensuite comment vous vous sentez dans votre journal. Si cette activité fait remonter beaucoup de choses chez vous, pensez à en parler à un ami en qui vous avez confiance ou à un professionnel si besoin.

Après la séance, assurez-vous de boire beaucoup d'eau après et de vous traiter avec bienveillance et amour.

AFFIRMATION DU CHAKRA DU PLEXUS SOLAIRE

« Je suis confiant et je crois au pouvoir de ma force intérieure. »

6

ANAHATA LE CHAKRA DU CŒUR

La traduction du mot sanscrit *anahata*, « non frappé », fait référence à un son émis sans que deux objets ne soient frappés. Le chakra du Cœur est localisé au milieu de la poitrine. En Occident, il est traditionnellement décrit de couleur verte, généralement d'un vert émeraude brillant. Plus la couleur est éclatante et lumineuse, plus le chakra est harmonieux.

Selon les traditions tantriques, il a douze pétales d'un rouge profond qui entourent une étoile à six pointes. Dans le restant de ce chapitre, nous nous focaliserons sur les conceptions occidentales de ce chakra.

Anahata gouverne l'amour, la respiration, l'équilibre, les relations et l'unité. Quand il est équilibré, ce chakra est avant tout en lien avec les énergies plus fortes de l'amour et de la compassion. Il régit les relations amoureuses, les amitiés et les connexions du cœur. Quand les besoins de votre chakra du Cœur sont satisfaits, vous vous sentez aimé, soutenu et vous vous aimez vous-même. Le désir universel que nous éprouvons tous d'aimer et d'être aimé puise ses origines dans le chakra du Cœur.

La force la plus influente de ce chakra est l'équilibre, c'est-à-dire un état d'harmonie et de calme, de stabilité et de symétrie émotionnelles. Un cœur apaisé et satisfait est l'essence-même d'un chakra du Cœur harmonieux.

L'amour et un cœur heureux jouent un rôle crucial dans votre qualité de vie. Vivre, c'est faire des rencontres, établir de véritables connexions et aimer. Sans cela, nous nous sentons seuls et dépourvus. Un chakra du Cœur en bonne santé vous fait savoir que vous n'êtes jamais seul. Vous pouvez étendre cet amour aux autres ainsi qu'à vous-même et garder votre cœur ouvert et plein.

EXERCICE : MÉDITATION POUR VOUS CONNECTER À VOTRE CHAKRA DU CŒUR

Entrer en contact avec votre chakra du Cœur vous aidera à donner et à recevoir de l'amour plus librement, à atteindre de plus hauts niveaux de compassion pour vous-même et les autres et à vous sentir davantage ouvert et relié au monde qui vous entoure. Quand vous êtes à l'écoute de votre chakra du Cœur, vous réalisez que le monde est un endroit principalement bienveillant et que nous sommes tous liés les uns aux autres.

Trouvez un endroit tranquille où vous asseoir ou vous allonger. Assurez-vous que vous ne serez pas dérangé pendant une quinzaine de minutes. Commencez par fermer les yeux et détendre votre corps. Reposez-vous et enfoncez-vous dans la chaise ou le sol sur lequel vous vous trouvez et respirez de plus en plus profondément.

Une fois que votre corps est détendu et après avoir effectué quelques minutes de respiration profonde, imaginez devant vous un magnifique flot vert émeraude, le plus lumineux qui soit. Regardez comme cette couleur vibre d'énergie ! Le rose étant également associé à ce chakra, laissez des nuances douces de rose y tourbillonner. Restez concentré sur les couleurs devant vous et ressentez-les palpiter de force vitale.

Maintenant, levez vos mains jusqu'au centre de votre poitrine et tenez-les serrées, paume contre paume, les doigts pointés vers le haut. Sentez comme le vert et le rose de votre cœur battent dans votre poitrine et notez à quel point vos mains sont complètement enveloppées par cette pulsation. Immergez-vous dans les couleurs et laissez-les emplir vos sens. Il se peut que vous ressentiez des picotements dans les mains, ou bien une chaleur ou une énergie vibrante, tant elles sont connectées à votre cœur. L'énergie du cœur descend souvent le long des bras et ressort par les mains. Ainsi, vous tapotez quelqu'un que vous aimez sur l'épaule, caressez les cheveux d'un enfant, ou massez la nuque de votre conjoint, par exemple.

Restez concentré sur les couleurs et les sensations, puis commencez à répéter le bija mantra « Yam », à voix haute ou non. Répétez-le et concentrez-vous sur vos mains qui se connectent à votre cœur. Ressentez les couleurs présentes. Ressentez les émotions dans votre cœur. Laissez votre conscience errer dans cette zone, respirez profondément et ressentez la vibration qui s'y trouve.

Continuez à prononcer le mantra et à sentir votre cœur aussi longtemps que vous le souhaitez. Quand le processus vous semble terminé, reportez votre conscience à la pièce et à ce qui vous entoure. Tapotez vos bras et vos jambes vigoureusement et dites-vous : « Je suis là maintenant. Je suis présent. ». Buvez plus d'eau que d'habitude et vaquez à vos occupations quotidiennes avec un sentiment d'amour dans le cœur.

Le chakra du Cœur est associé à votre thymus. Situé entre les deux poumons et à l'arrière du sternum, le thymus est le plus actif avant la puberté. Il sécrète alors en grandes quantités de la thymosine, une hormone qui aide votre corps à produire des lymphocytes T, des cellules qui jouent un rôle vital dans votre immunité pour la vie entière.

Un dysfonctionnement endocrinien associé au thymus peut engendrer une faiblesse immunitaire. Si l'influence du thymus est la plus grande pendant l'enfance, il existe de nombreuses méthodes pour booster son immunité à l'âge adulte. Deux remèdes holistiques en ce domaine, la méditation et la pratique du qi gong, aident à réduire les effets du stress sur le corps. L'exercice physique en général contribue également à améliorer l'immunité, tout comme le brossage du corps à sec.

Les autres parties du corps associées au chakra du Cœur sont le cœur, les poumons, les mains et les bras. Les maladies cardiaques et l'asthme sont des signes potentiels d'un déséquilibre du chakra du Cœur. Sur le plan émotionnel, une déficience du chakra peut se manifester par la peur de ne pas être assez aimé et l'incapable de recevoir complètement l'amour des autres.

Afin d'harmoniser votre chakra du Cœur, vous devez simplement vous immerger dans l'amour, de manière saine et équilibrée. Les animaux, et notamment les chiens sont un excellent moyen de donner et de recevoir de l'amour inconditionnellement. Si vous en possédez un, vous devez déjà savoir ce que l'on ressent. Si ce n'est pas le cas, vous devriez passer un peu de temps en compagnie du chien d'un ami et lui offrir votre amour et votre attention. Passer du temps auprès des enfants de votre famille, en particulier des bébés et des jeunes enfants, est un autre bon moyen de partager de l'amour de manière facile et naturelle. Les exercices de respiration profonde peuvent aussi s'avérer utiles. Par ailleurs, beaucoup disent obtenir d'excellents résultats avec la pratique psycho-énergétique de libération émotionnelle appelée « Emotional Freedom Technique » (EFT).

EXERCICE : ACTIVITÉ POUR VOUS CONNECTER À VOTRE CHAKRA DU CŒUR

À l'état naturel, le chakra du Cœur est détendu et ouvert. Dans nos vies trépidantes, où sarcasme et commentaires narquois foisonnent, il peut être difficile de le maintenir ainsi. Cependant, nous nous sentons mieux en définitive avec un cœur ouvert. Fermer votre cœur vous empêche tout simplement de profiter de votre vie et influe potentiellement sur votre santé. Prenez donc le temps de réfléchir à ce qui ouvre votre cœur, à ces choses qui vous inspirent un sentiment d'amour et de bienveillance. Faites une liste, ici et maintenant, de ce qui suscite un tel sentiment chez vous et engagez-vous à faire de l'ouverture de votre cœur une priorité. Chaque jour, essayez de l'ouvrir davantage un peu plus. Vous craignez d'être blessé ? Admettez-le, mais demandez-vous si votre vie vaut la peine d'être vécue si vous passez à côté de l'amour et de la bienveillance disponibles pour vous, que vous les donniez ou que vous les receviez. L'amour en vaut le risque.

Souvenez-vous que vous aimer vous-même est tout aussi important qu'aimer les autres. Votre chakra du Cœur fonctionne le plus harmonieusement quand vous vous donnez de l'amour et prenez régulièrement soin de vous. Vous pouvez vous offrir un massage relaxant, mais aussi instaurer des limites appropriées avec les personnes que vous aimez afin de préserver votre temps et votre énergie.

Passons maintenant à une activité qui va réveiller la nature infinie de votre chakra du Cœur. Trouvez un endroit tranquille où vous pourrez vous allonger sans être dérangé. Il vous faudra environ vingt minutes pour profiter pleinement de cette expérience.

Apaisez votre esprit en respirant profondément et en vous concentrant sur la sensation de l'air qui pénètre et quitte votre bouche. Laissez-vous aller à ce rythme et détendez-vous complètement. Repensez à la liste que vous avez faite un peu plus tôt des choses qui vous inspirent un sentiment d'amour. Choisissez-en une et imaginez-la pour conjurer maintenant l'émotion et l'énergie de l'amour. Concentrez-vous intensément sur cette idée et faites rayonner l'amour à travers tout votre être. C'est un sentiment en même temps qu'une énergie.

Ensuite, laissez ce sentiment palpiter depuis votre poitrine et répétez en boucle dans votre esprit le mot « Amour » tandis que vous en ressentez l'émotion et l'énergie. Faites grandir et vibrer cette énergie tout autour de vous afin qu'elle enveloppe entièrement votre corps. Respirez et répétez le mot « Amour ».

Maintenant, faites grandir ce sentiment de la même manière, afin qu'il devienne une bulle de près de deux mètres d'envergure vous entourant de toutes parts. Respirez et ressentez cet amour que vous vous donnez à vous-même.

Vous allez maintenant visualiser votre ville sur un plan. Prenez une grande inspiration et expirez le plus longuement possible en répétant le mot « Amour » dans votre esprit et en imaginant que votre bulle d'amour grandit de façon instantanée et rapide pour englober toute votre ville. Une fois qu'elle s'est élargie, sentez comme elle vibre de l'amour émis par votre cœur pour toute votre ville.

Maintenant, visualisez la Terre ! Sentez l'amour battre dans votre cœur. Notez comme il vibre à travers tout votre corps, la zone qui entoure votre corps et votre ville. Inspirez profondément et, tandis que vous expirez, faites gonfler votre bulle d'amour afin qu'elle grandisse rapidement et enveloppe instantanément la planète tout entière. Ressentez l'amour dans votre cœur envahir toute la Terre. Remarquez-vous ce que cela vous inspire ? Cela évoque-t-il encore plus d'émotions dans votre cœur et votre corps ?

Cet amour pour la planète tout entière est l'essence-même de la compassion, qui est l'expression la plus élevée du chakra du Cœur. Savourez-en la sensation.

Lorsque vous êtes prêt, vous pouvez ramener votre conscience à la pièce dans laquelle vous vous trouvez. Remuez vos doigts et vos orteils et regardez autour de vous. Frottez vos membres avec vigueur et frappez dans vos mains pour vous assurer de vous sentir totalement présent. N'oubliez pas de boire plus d'eau que d'habitude dans la journée.

AFFIRMATION DU CHAKRA DU CŒUR

« J'ouvre mon cœur à l'amour immense
qu'il y a dans ma vie. »

7

VISHUDDHA LE CHAKRA DE LA GORGE

Le cinquième chakra s'appelle *Vishuddha*, ce qui signifie « purification ». Il est situé dans la gorge et selon le système occidental des chakras, il est de couleur bleue. Les Hindous l'ont à l'origine décrit comme une forme circulaire plutôt blanche composée de seize pétales violets et gris fumé. Le gris provient de son association à l'éléphant Airavata, le roi de tous les animaux herbivores. Au sein de cette forme circulaire se trouve un triangle bleu orné d'un cercle blanc. Le cercle fait référence à la pleine lune, la lune pouvant symboliser l'éther invisible ou l'énergie éthérique, elle-même liée au rêve. Ainsi, le chakra de la Gorge est également associé au yoga du rêve, ou au rêve en général.

Le chakra de la Gorge est principalement associé au langage, à la communication et à l'expression créative. Lorsqu'il est clair et ouvert, nous sommes capables de lâcher-prise, particulièrement en ce qui concerne nos propres choix passés en bien ou en mal, et pouvons exprimer nos opinions de manière saine. Nous apprenons notre leçon, puis passons à autre chose. Nous ne nous appesantissons pas sur les anxiétés passées, présentes ou futures. Nous avons acquis notre sagesse grâce à nos expériences de vie. Nous nous exprimons de manière fluide, vivons dans un état de détachement sage qui facilite l'expérience de rêves spirituels puissants. L'éther associé au chakra de la Gorge s'apparente à notre corps astral. La nuit, on considère que ce corps éthérique quitte notre corps physique pour rêver.

Cependant, quand le chakra de la Gorge est bloqué, c'est tout le contraire : nous nous exprimons de manière limitée, sommes pétris de culpabilité et de honte vis-à-vis du passé, craignons le futur et avons des difficultés à vivre dans le moment présent. Le mot *vishuddha* provient de *visha* et *shuddhi,* qui signifient respectivement « poison » et « purification ». Ainsi, lorsque ce chakra est fermé, on pense qu'il devient pour le corps un poison accélérateur de vieillissement et de mort. Quand il est clair et ouvert, il est considéré comme un agent de purification qui pourrait contribuer à une longévité exceptionnelle.

La plus grande influence qu'exerce ce chakra est la résonance. Lorsque l'énergie de notre gorge circule librement, nous nous sentons confiants en qui nous sommes et partageons volontiers notre voix avec le monde qui nous entoure.

Le bija mantra qui lui est associé est le son « Ham », qui se prononce « HAaaaaaaaaaa-Mmmmmm ». Si vous avez l'impression que votre chakra de la Gorge est bloqué, répéter ce mantra pendant votre séance de méditation peut aider à le purifier. Pour clarifier la gorge, on peut également pratiquer les postures d'inversion, comme *salamba sirsasana*, « roi de tous les asanas ». Chanter est aussi considéré d'une manière générale comme une activité saine pour la gorge, que ce soit dans le cadre d'une méditation active kirtan dédiée ou bien qu'il s'agisse de simplement chanter votre chanson favorite quand elle passe à la radio.

Avant de passer à notre première méditation pour le chakra de la Gorge, regardons d'un peu plus près son aspect ésotérique, le yoga du rêve. Le yoga du rêve, part très importante de la pratique bouddhiste tibétaine, est considéré comme une étape cruciale sur le chemin qui transcende les cycles perpétuels de la naissance et de la mort. Pour de nombreuses religions orientales, nous existons dans un rêve élaboré qui n'est « réel » qu'en apparence.

Travailler avec les rêves serait, selon certains, un excellent moyen de réaliser que nos vies éveillées sont, elles aussi, seulement des rêves. On peut y parvenir grâce à la pratique du rêve lucide, lorsque l'on se réveille dans un rêve tandis que le corps demeure endormi. Une fois que le rêve lucide peut être pratiqué à volonté, il devient possible de diriger le cours des rêves pour en retirer un bénéfice spirituel. Maîtriser cette pratique très élaborée prend des années, mais les moines tibétains pensent que contrôler les rêves prépare les humains à l'intense raz-de-marée de manifestations visuelles et sensorielles qui se produit juste après la mort. Selon les moines bouddhistes, nous entrons en transe avec ces manifestations post-mortem et nous retrouvons aspirés dans une nouvelle réincarnation. Cependant, si nous pouvons transcender ces images illusoires et chimériques, alors nous avons une chance de briser le cycle perpétuel de la mort et de la renaissance.

C'est dans le chakra de la Gorge que se situent les prémices de la pratique du yoga du rêve. Il existe, entre autres, de nombreuses pratiques yogiques et des méthodes de visualisation, de mantras ou de respiration qui s'appuient sur un chakra de la Gorge actif et harmonieux pour être parfaitement réalisées. C'est un aspect fascinant du bouddhisme qui commence à rencontrer un succès grandissant en Occident.

EXERCICE : MÉDITATION DE LA GORGE

Cette séance de méditation vous aidera à vous connecter aux sensations et aux énergies du chakra de la Gorge. Trouvez un endroit calme et confortable pour vous asseoir ou vous allonger sans être dérangé ou distrait. Prenez plusieurs inspirations pour vous calmer et focaliser votre attention sur le moment présent, là où vous vous trouvez. Prenez conscience de votre corps, de vos vêtements, de votre respiration et de vos sensations. Continuez à respirer lentement, en inspirant et expirant doucement. Prenez conscience de la pièce ou de l'espace dans lequel vous êtes, des sensations qu'ils vous procurent, des sons et des odeurs. Si vous n'êtes pas déjà en train de le faire, assurez-vous de respirer en souriant. Vous n'êtes pas obligé de faire un large sourire ; vous aurez plus de facilité à maintenir un sourire subtil en guidant votre esprit vers l'espace mental le plus approprié pour cette méditation.

Imaginez que votre corps est entouré d'une bulle de lumière. Avec chaque inspiration, vous tirez la lumière à vous et la faites grossir à chacune de vos expirations. Consacrez plusieurs respirations à faire grandir puis à contracter la bulle de lumière autour de vous. Cela va vous aider à sentir votre champ aurique, le champ naturel d'énergie vitale qui entoure votre corps et y pénètre. Vos chakras font partie de ce champ. Continuez à sourire.

Pendant l'inspiration et l'expiration qui vont suivre, concentrez-vous sur l'énergie autour de votre gorge. Le fait tout simple de prêter attention à votre gorge va peut-être vous faire sentir qu'elle bourdonne ou vibre d'énergie. De nouveau, en inspirant, tirez l'énergie qui entoure votre gorge vers son centre et en expirant, faites-la grossir.

Continuez cette méditation par le souffle jusqu'à ce que vous ressentiez une joie claire dans votre gorge, comme si vous pouviez pousser des cris de joie, ou alors jusqu'à ce qu'elle soit lassée de l'exercice. Si, au bout d'un moment votre gorge vous paraît fatiguée, ne vous inquiétez pas. Faites une pause et reprenez la pratique un autre jour, jusqu'à ce qu'enfin, vous ressentiez ce sentiment d'excitation et de joie dans votre gorge. Continuez à sourire.

Lorsque vous éprouvez véritablement un sentiment d'exubérance dans votre gorge, ce qui au premier abord peut sembler être une sensation étrange – jusqu'à ce qu'on l'ait ressentie – c'est que vous avez augmenté et purifié l'énergie de votre gorge. Félicitations ! Il reste encore une étape pour s'assurer que l'énergie de la gorge maintienne son équilibre avec le reste de votre champ aurique. Inspirez lentement de nouveau et portez votre attention sur votre gorge, puis expirez et imaginez que l'énergie qui s'y trouve descende vers le centre de votre corps, vers votre ventre. Gardez-la dans votre ventre tout le temps que vous expirez. Répétez l'exercice jusqu'à ce que l'énergie dans votre gorge vous paraisse de nouveau apaisée. N'arrêtez pas de sourire et, lorsque vous vous sentirez prêt, étirez vos bras et vos jambes, bougez votre corps pendant quelques minutes pour ramener votre conscience à l'intégralité de votre corps.

La thyroïde est la glande endocrine qui est associée au chakra de la Gorge. Elle est située dans la gorge, juste au-dessous et de part et d'autre du larynx. Les hormones thyroïdiennes ont de multiples fonctions de régulation dans le corps, principalement du métabolisme et de la température corporelle à l'âge adulte, mais elles jouent aussi un grand rôle dans la croissance au cours de l'enfance. Les déséquilibres thyroïdiens ne sont malheureusement devenus que trop communs au XXIe siècle, particulièrement chez la femme.

En raison de sa localisation, le chakra de la Gorge a toujours été associé à l'audition, aux oreilles, au langage et à la bouche. Pour les raisons symboliques mentionnées plus haut, le chakra de la Gorge est aussi lié, de manière contre-intuitive, au rêve et au corps éthérique. Autre association intéressante : la qualité de vie en général. Vishuddha possède à la fois des qualités purificatrices et toxiques – comme son nom lui-même l'indique. Dès les premiers écrits sur Vishuddha en Inde, l'état de santé ou le dysfonctionnement du chakra de la Gorge ont été considérés comme directement en lien avec la qualité de vie d'une personne. Fermé, un chakra de la Gorge peut ainsi conduire à la ruine, tandis qu'harmonieux, il contribue au leadership et au succès.

Dans le système occidental, le chakra de la Gorge est principalement associé à la communication claire et à l'expression des émotions. Lorsqu'il est en déséquilibre, le langage est maladroit, l'expression des émotions est freinée. La peur peut être un facteur majeur dans ces deux situations. Faire face à ses peurs peut ainsi être une bonne façon d'ouvrir le chakra de la Gorge.

EXERCICE : ACTIVITÉ POUR VOUS CONNECTER AU CHAKRA DE LA GORGE

Faisons maintenant un exercice qui va nous aider à nous connecter à notre chakra de la Gorge. Nous allons utiliser la voix afin d'ouvrir et de nettoyer l'énergie dans la gorge. Trouvez un endroit où vous pourrez vous asseoir confortablement sans être dérangé et prenez plusieurs inspirations lentes et profondes afin de vous détendre. Ancrez votre conscience fermement dans le moment présent. Soyez conscient de votre corps, de vos bras, de vos jambes, de votre tête et de votre cou. Suivez le rythme de votre respiration. Sentez les vêtements sur votre peau, la chaise, les coussins, ou le sol sur lesquels vous êtes assis. Prêtez attention aux sons, aux odeurs, à la température et aux autres informations sensorielles autour de vous. Continuez à respirer et être présent.

Le son du chakra de la Gorge est « Ham », il se prononce « HAaaaaaaaaa-Mmmmmm ». Inspirez profondément, calmement, lentement et retenez votre respiration un instant, puis, en expirant doucement, dites « Ham », en laissant le son résonner tout le long de votre expiration. Laissez le son de Ham se réverbérer à travers votre gorge. On considère qu'il contribue à activer la force vitale du chakra de la Gorge, le nettoyant de l'énergie stagnante et la faisant circuler avec force et fluidité.

Si réciter ce mantra est quelque chose de nouveau pour vous, il se peut qu'après un court instant, vous ayez mal à la gorge. Cela peut être dû à des muscles douloureux dans la gorge et à la circulation de la vieille énergie stagnante qui y est présente. Nul besoin de forcer : arrêtez-vous simplement et reprenez l'exercice plus tard. Plus vous vous exercerez, plus vous sentirez que l'énergie de votre gorge devient forte.

En réalité, tout type de chant va activer l'énergie du chakra de la Gorge. Le mieux est de psalmodier des paroles, des affirmations et des chansons positives. La langue que vous utilisez importe peu : c'est le sentiment derrière les mots qui compte. Chanter des chansons d'espoir, d'amour, d'inspiration, de joie et de bonheur a généralement un effet positif sur votre champ énergétique dans son ensemble et est particulièrement bénéfique pour le chakra de la Gorge.

AFFIRMATION DU CHAKRA DE LA GORGE

« Je m'exprime avec facilité et grâce. »

8

AJNA
LE CHAKRA DU TROISIÈME ŒIL

Le chakra suivant nommé *Ajna* signifie « commande ». Situé entre les sourcils, au-dessus des yeux et près du sommet de la colonne vertébrale, il est, dans le système occidental moderne, d'un bleu indigo. D'un point de vue traditionnel, le chakra Ajna est blanc avec un pétale de chaque côté. Ces pétales symbolisent une paire de nadis qui longent chaque côté du corps et se rejoignent près du chakra Ajna. On dit qu'ils se terminent au niveau des narines.

Le mot *Ajna* renvoie à la fois à la capacité de s'auto-commander, qui peut s'acquérir en dépassant l'illusion de la dualité, mais aussi à l'abandon total à l'autorité ou aux conseils du guide. En définitive, votre être libéré est le véritable guide, mais jusqu'à ce que cela se produise, c'est le gourou qui, faisant preuve d'abnégation, sera votre professeur spirituel.

Lorsque le chakra Ajna est activé, on pense qu'il coïncide avec l'étape du développement spirituel d'une personne qui a dépassé la dualité. Ainsi, le chakra Ajna gouverne l'éveil spirituel. Son mot clef ? Illumination. L'attachement au monde éphémère qui nous entoure se dissipe peu à peu, laissant émerger une unité intérieure. Selon la tradition hindoue, quand le troisième œil est ouvert, il est possible de dépasser rapidement le karma lié aux actes passés, de se détacher des souffrances apparentes du monde et de trouver la véritable paix intérieure. Quand un chakra de la Gorge ouvert indique que l'on a atteint un haut niveau de purification de soi, l'activation du chakra du Troisième Œil permet la transcendance.

Les capacités mentales, ou *siddhis*, prennent vie lorsqu'un chakra du Troisième Œil est complètement ouvert. Il ne s'agit pas de pouvoirs psychiques, car les chakras ne sont pas en corrélation avec le corps. Considérez plutôt les chakras comme des pièces composant une dynamo spirituelle, qui, une fois connectées, permettent une transformation énergétique de la conscience. Durant le processus d'éveil spirituel, le corps est lui aussi transformé dans sa globalité. De nombreuses personnes souhaitent avoir des capacités psychiques, ce qui est un phénomène totalement naturel. Comme Chad Mercree le souligne dans son livre *Au cœur du médium*, nous naissons tous avec ces aptitudes. Pour qu'elles soient activées, ce n'est qu'une question de pratique. Quand le chakra est spontanément éveillé, cependant, les capacités psychiques peuvent arriver d'un seul coup. C'est une expérience qui peut se révéler déroutante et traditionnellement, afin de passer du chakra du Troisième Œil au chakra Couronne, il est nécessaire de se détacher complètement des siddhis. Les aptitudes psychiques peuvent avoir un effet puissant sur notre expérience de vie et abandonner ce qui peut être perçu comme des pouvoirs omniscients n'est pas chose aisée.

La force motrice du chakra du Troisième Œil est la lumière, à la fois celle du soleil et celle de la conscience et de l'illumination.

EXERCICE : MÉDITATION DU TROISIÈME ŒIL

Apprenons donc à connaître notre chakra du Troisième Œil en faisant la méditation qui va suivre. Comme à l'accoutumée, trouvez un endroit confortable où méditer. Pour cette séance, il importe peu que vous soyez assis sur une chaise ou au sol, que vous vous teniez debout ou soyez allongé. Prenez plusieurs inspirations profondes pour vous détendre et vous recentrer. Ensuite, faites plusieurs grandes respirations avec le cœur. En inspirant, imaginez que vous tirez votre respiration jusque dans votre cœur et que vous le remplissez. Puis expirez lentement et laissez la respiration du cœur s'étendre à travers tout votre corps. Répétez ceci plusieurs fois jusqu'à ce que vous atteigniez un niveau supérieur de paix et de détente.

Maintenant que vous êtes détendu et recentré, portez votre attention sur vos yeux. Lorsque vous inspirez, imaginez que votre respiration remplit l'espace situé entre vos yeux. Sentez son énergie emplir cet espace de lumière. Retenez votre respiration un instant avant de souffler. Tandis que vous expirez, sentez l'énergie dans votre troisième œil grandir vers l'extérieur. Répétez l'exercice plusieurs fois.

Le bija mantra pour le chakra du Troisième Œil est « Aum » ou « Om ». Lors de votre prochaine expiration, psalmodiez le mot « Aum », laissant chaque son s'exprimer complètement – « Ahhhhh – oooooooh – mmmmmmm ». Répétez le bija mantra pendant les expirations suivantes, qui seront longues et lentes. Sentez-vous l'énergie du chakra du Troisième Œil bouger ?

Respirer dans le chakra est une façon simple d'apprendre à sentir l'énergie circuler au sein de chaque chakra. L'énergie contenue dans la respiration peut être déplacée, comme le chi, là où l'on porte son attention. Dans le cas qui nous occupe, nous déplaçons l'énergie vers le chakra du Troisième Œil. Au début, après plusieurs inspirations, il se peut que la zone du troisième œil devienne sensible. Arrêtez simplement quand vous le souhaitez et réessayez de nouveau un autre jour.

Dans les systèmes occidentaux contemporains, le chakra du Troisième Œil est associé aux glandes pinéale et pituitaire. La glande pituitaire est une glande « maîtresse » qui régule de nombreuses fonctions hormonales dans le corps en adressant des signaux à d'autres glandes afin qu'elles produisent des hormones. Sans elle, la thyroïde, les glandes surrénales, les ovaires et les testicules ne fonctionneraient pas. Elle est aussi responsable de la diffusion d'hormones de croissance pendant notre vie, régulant tout, depuis la croissance en général jusqu'à la densité musculaire et osseuse. Elle maintient également l'équilibre hydrique dans l'organisme et régule la production du lait maternel.

La glande pinéale contrôle quant à elle les rythmes du sommeil et certaines hormones sexuelles. Chez quelques espèces animales plus primitives, la glande pinéale est un type d'œil vestigial.

Ces liens avec les glandes ne figuraient pas dans les premiers enseignements tantriques, mais se sont développés avec le temps. Ils sont particulièrement populaires dans les systèmes occidentaux contemporains. C'est l'un des aspects les plus fascinants du travail avec les chakras ! Notre compréhension de ce qu'ils sont et de la manière dont ils fonctionnent a progressé à travers les siècles, et dans le monde entier, on continue à les étudier. Alors que le mode de pensée tantrique liait symboliquement les chakras à des formes et des couleurs diverses et variées, ainsi qu'à de nombreux symboles, déités et sons sanscrits, pour l'Occident, les associations portent davantage sur les parties du corps, les couleurs de l'arc-en-ciel, les éléments, les sons, les symboles astrologiques et même la mythologie de la Kabbale.

EXERCICE : ACTIVITÉ POUR VOUS CONNECTER À VOTRE CHAKRA DU TROISIÈME ŒIL

Cet exercice va vous aider à vous connecter à votre chakra du Troisième Œil. Commencez, comme pour toutes les séance, par trouver un endroit confortable où vous installer et prenez plusieurs inspirations profondes pour vous détendre et vous recentrer. Prenez conscience de votre corps, de vos bras, de vos jambes, de votre tête et de vos épaules. Respirez en chaque partie de votre corps et laissez-le se détendre de plus en plus profondément avec chaque expiration.

Portez maintenant votre attention sur votre chakra du Troisième Œil. Inspirez et expirez par votre troisième œil plusieurs fois, jusqu'à ce que vous sentiez son énergie bouger. Lorsque cela se produira, vous aurez la sensation d'un bourdonnement ou de picotements entre les sourcils, vos pensées seront peut-être calmes et vous vous sentirez exceptionnellement présent. Laissez cette sensation de bourdonnement, de picotement monter jusqu'à ce qu'elle soit pratiquement intolérable.

Maintenant, formulez une intention concernant quelque chose que vous souhaiteriez dépasser. Affirmez-la à vous-même, à voix haute ou non. Vous créez votre réalité avec chaque pensée, chaque mot, chaque acte. Le chakra du Troisième Œil représente cette part de nous-mêmes qui manifeste l'intention en étant capable de se connecter à notre sagesse intérieure divine, notre intuition. Activer votre chakra du Troisième Œil contribue à développer un lien fort et actif avec vos capacités intuitives. Demandez-vous quelles sont les prochaines étapes pour réaliser votre intention. Visualisez les trois prochaines étapes pour atteindre votre but. Notez-les par écrit et mettez un point d'honneur à agir pour en franchir chacune, l'une après l'autre.

Une fois ces étapes franchies, refaites cette méditation jusqu'à ce que vos objectifs soient atteints.

Vous pouvez aussi faire cet exercice avec vos souvenirs. Suivez les conseils des deux premiers paragraphes, puis essayez de vous rappeler quelque chose qui s'est effacé de votre mémoire au quotidien. Interrogez-vous sur une période particulière ou un événement spécifique avant de laisser l'énergie du chakra du Troisième Œil vous aider à vous souvenir des détails.

Dans la pratique tantrique traditionnelle, les chakras sont ouverts un par un, depuis la racine jusqu'à la couronne. Tandis que chaque chakra est activé, des changements spontanés de personnalité, mais aussi physiques, émotionnels, mentaux et spirituels surviennent sur le chemin qui mène à l'éveil. En ce qui concerne le chakra du Troisième Œil, l'apparition d'aptitudes psychiques est une véritable marque de son activation. On l'a décrite comme l'union des opposés, où plaisir et détachement cohabitent en parfaite harmonie. Cette union ouvre la voie à l'expression du chakra Couronne, expression ultime de l'énergie vitale et de la conscience kundalini.

AFFIRMATION DU CHAKRA DU TROISIÈME ŒIL

« Mon intuition me guide
pour mon plus grand bien. »

9

SAHASRARA LE CHAKRA COURONNE

Le chakra Couronne est le septième et dernier centre d'énergie pour la plupart des systèmes classiques de chakras. Son nom sanscrit, *Sahasrara*, signifie « aux mille pétales », en référence aux pétales infinis traditionnellement visualisés avec ce chakra. Si les bouddhistes tibétains l'imaginent avec trente-deux pétales, cela varie en fonction des pratiques. En Occident, on le considère comme étant violet ou blanc. La couronne est localisée au sommet de la tête, là où se situait notre fontanelle lorsque nous étions bébé. Alors que les pétales des autres chakras sont typiquement représentés pointes vers le haut, ceux de la Couronne pointent vers le bas.

Dans sa plus haute expression, le chakra Couronne représente l'éveil, la conscience pure et une capacité à échapper au cycle éternel de la naissance et de la mort que nous devons pour la plupart endurer. Cependant, pour nous, simples mortels, il est aussi connecté à l'inspiration et à la créativité, ressemblant en ce sens au chakra du Troisième Œil.

La conscience du chakra Couronne est au-delà de toute dualité, de tout attachement aux choses temporelles telles que l'amour, le succès, etc. Une personne dont le chakra Couronne est ouvert sera décrite comme rayonnante, littéralement. La vie est alors vécue avec une pleine conscience de tous ses moments, sans nul autre désir et en appréciant chaque nouvel instant et les expériences qu'il apporte. Cet état de pleine conscience, qui nous est pour la plupart totalement inconnu, est considéré par de nombreuses traditions orientales comme le but-même de l'expérience humaine, but qu'il est possible d'atteindre au cours d'une seule vie.

Un chakra Couronne en déséquilibre conduit à la folie, au complexe de Dieu que développe un nombre malheureusement élevé de gourous contemporains. La drogue constitue un énorme obstacle au développement des chakras et à l'expression saine de l'énergie vitale kundalini. Ceci est dû en partie au fait que la drogue altère le champ énergétique humain. Elle peut ouvrir avec force le chakra du Troisième Œil et conduire des personnes non préparées à expérimenter des phénomènes psychiques nocifs, mais elle peut aussi altérer l'expression du chakra Couronne et pousser certains à se prendre pour un dieu ou une déesse quand en réalité, ils sont tout sauf cela.

Lorsque le chakra Couronne est correctement activé, sa force d'influence clef est l'illumination. Son essence nous connecte au divin, au cosmos tout entier. Ou plutôt, son éveil nous permet de nous souvenir des liens que nous avons depuis toujours avec toute chose existante.

Il n'y a pas de bija mantra ni de son associés au chakra Couronne. Il est au-delà de toute expression et d'une certaine manière, représente le vide entre toutes choses, la pause entre l'inspiration et l'expiration de la création. Le moment entre toutes choses – voici comment le chakra Couronne est connecté au Tout, à travers les interstices qui séparent chaque chose manifestée.

EXERCICE : MÉDITATION POUR VOUS CONNECTER AU CHAKRA COURONNE

Trouvez un endroit confortable où vous pourrez vous asseoir ou vous allonger et vous détendre. Respirez plusieurs fois lentement et profondément et, à chaque expiration, laissez votre corps se détendre de plus en plus. Sentez votre corps, vos mains et vos pieds, vos bras et vos jambes, votre cou et votre tête. Continuez à respirer ainsi. En partant de votre chakra Racine, inspirez profondément en chaque chakra, bloquez votre respiration un instant, puis expirez. Tandis que vous remontez le long de votre corps, sentez comme tous les chakras sont connectés, comme autant de parties différentes formant un seul et unique champ énergétique. Suivez les chakras un à un en remontant vers votre couronne. Ressentez leur énergie s'activer avec votre respiration. Ressentez votre énergie augmenter et circuler plus librement au fur et à mesure que chaque connexion s'établit. Ressentez l'énergie de votre cœur vous envelopper d'amour. Passez à vos chakras de la Gorge et du Troisième Œil et sentez la paix, côte à côte avec l'amour. Maintenant, prenez quelques inspirations et connectez-vous à votre chakra Couronne.

Sentez la conscience élargie de l'énergie de votre couronne fusionner avec ce sentiment d'amour paisible. C'est une expérience merveilleuse, un avant-goût subtil de votre futur être éveillé. Si vous deviez, à n'importe quel moment, ressentir des maux de tête ou une pression anormale dans le crâne, faites simplement redescendre toute l'énergie vers votre chakra Racine par la respiration et lorsque le malaise ressenti se sera atténué, arrêtez l'exercice. Avec le temps, vous serez capable de conserver l'énergie dans votre couronne sur de plus longues durées.

Si vous n'éprouvez aucun inconfort, prélassez-vous dans les sensations merveilleuses et pleines de félicité qu'offre un chakra Couronne qui s'ouvre. C'est un moment unique, une véritable combinaison de paix, de bienveillance, d'amour et de plaisir. Quand vous avez terminé, laissez redescendre, à chaque expiration, toute l'énergie de votre couronne, l'envoyant où elle est nécessaire. Si votre énergie circule bien, nul besoin de lui dire où aller ; elle se rendra d'elle-même là où elle est utile.

À chacun des chakras que nous avons passés en revue précédemment correspondait une partie du système endocrinien sur laquelle la plupart des praticiens contemporains s'accordent. Ce n'est cependant pas le cas du chakra Couronne. Il a en effet été lié au système endocrinien dans son ensemble, mais aussi spécifiquement aux glandes pinéale et pituitaire, ainsi qu'à l'hypothalamus, une région au cœur du cerveau. Svami Ranganathananda (1908-2005), dont la pratique yogique était très traditionnelle, est quant à lui d'un autre avis. Il écrit : « Les Yogis parlent d'un nerf subtil allant jusqu'au sommet du crâne. Connu sous le nom de *Susumna*, il est localisé au centre de la colonne vertébrale. Quand l'énergie vitale d'un Yogi traverse Susumna et l'ouverture au sommet du crâne appelée *brahmarandhra* ou "la porte qui mène à Brahman", il ne renaîtra pas dans le monde, dit-on, mais atteindra progressivement brahmaloka, le monde de l'Esprit cosmique… Le chemin ainsi traversé est connu sous le nom de "chemin qui mène vers le Nord" ou "chemin qui mène vers la lumière". » Ce « nerf subtil » fait partie du champ énergétique humain et n'est pas relié à une glande du corps en particulier.

Les disciples qui travaillent sur le chakra Couronne doivent faire attention à son instabilité en début de pratique spirituelle. Il est en effet possible de trop l'ouvrir tout en ne sachant pas encore comment le refermer. Cela peut provoquer une sensibilité à la lumière et au son, des maux de tête et d'autres symptômes d'ordre physique. Mieux vaut travailler sur le chakra Couronne sous la supervision d'un professeur aguerri afin d'éviter ces expériences désagréables. Ainsi, l'activité présentée plus bas vous aidera à vous connecter à l'esprit de votre chakra Couronne de manière indirecte, par le biais d'une participation active au service de l'humanité.

EXERCICE : ACTIVITÉ POUR VOUS CONNECTER AU CHAKRA COURONNE

Le chakra Couronne représente en partie le fait de s'éveiller, c'est-à-dire de transcender les préoccupations matérielles, tout particulièrement celles qui sont liées à soi. Dans l'idéal, aucun gourou spirituel éveillé ne se préoccuperait de la célébrité, de la fortune, de l'accumulation de biens matériels ou de conserver son pouvoir sur une multitude d'adeptes adorateurs. Pour une personne éveillée, de telles choses ont simplement perdu tout intérêt. Cependant, ceux qui sont parvenus à l'Illumination font preuve d'une sollicitude et d'une compassion profondes pour les souffrances des êtres, humains ou autres. L'état de conscience universelle comme il est symbolisé par le chakra Couronne est toujours lié à un être empreint de compassion et d'amour. Divers systèmes à travers le monde visualisent la forme du chakra Couronne de façon différente : une cloche, une couronne ornée de multiples pétales, une roue conique faite de lumière blanche… Comme c'est le cas pour tous les chakras, il n'existe pas toujours de consensus sur les détails ou la façon de décoder les symboles de chaque centre d'énergie, mais il semble que tout le monde s'accorde sur leurs fonctions et leurs qualités.

Se préoccuper des souffrances de l'humanité est une façon merveilleuse d'exprimer les qualités d'un chakra Couronne actif. Devenir un être totalement éveillé spirituellement n'est pas sans dangers, à l'image par exemple de la tentation de se cramponner au grand besoin d'autoglorification de son ego. Impossible d'emporter son petit soi normal sur le chemin de l'éveil. Nous sommes tous des idiots, d'une façon ou d'une autre, tout cela à cause d'un attachement malsain à notre ego. L'ego se préoccupe beaucoup de notre apparence, des sommes que l'on gagne, des personnes qui figurent dans notre carnet d'adresses, de notre place sur l'échelle sociale et de bien d'autres inepties encore. Adoptez cette attitude dans votre quête spirituelle et c'est le désastre assuré. Ainsi, focalisez-vous plutôt sur le service aux autres. Vos besoins peuvent attendre. Commencez par vous préoccuper des besoins des personnes dans votre cercle le plus proche, puis de ceux des autres. Comme pour le chakra du Cœur, cultivez la bienveillance et l'amour envers chacun et votre éveil durera éternellement. De manière paradoxale, un chakra Couronne activé s'accompagne d'un profond sentiment de peine pour la souffrance de l'humanité et rendre service contribue à l'atténuer.

AFFIRMATION DU CHAKRA COURONNE

« Je me connecte facilement
à la force vitale universelle. »

10

CHAKRAS ADDITIONNELS

Si vous êtes intéressé par les chakras ou les soins énergétiques vous avez sans doute déjà qu'il existe sept chakras allant du bas de la colonne vertébrale jusqu'au sommet du crâne. Vous pourriez être surpris d'apprendre que dans bien des croyances, beaucoup d'autres chakras existent dans le corps tout entier. Certains seraient situés entre les sept chakras traditionnels, tandis que d'autres seraient répartis dans tout le corps. Voyons donc quels sont ces « autres » chakras parmi les plus connus et comment nous pouvons les utiliser pour nous sentir plus ancrés, améliorer notre pratique thérapeutique et mieux comprendre notre potentiel spirituel.

Parmi les chakras additionnels populaires, on peut citer le chakra Étoile de la Terre. Il apparaît dans de nombreux écrits contemporains qui le situent entre 15 et 120 centimètres sous le corps. Le champ énergétique humain qui s'étend dans toutes les directions, se prolonge également dans le sol lorsque nous marchons sur Terre. On utilise habituellement le chakra Étoile de la Terre pour se connecter profondément au cœur de la planète, augmenter son sentiment d'ancrage et de présence et s'adonner à une activité chamanique moderne.

Sous la Terre, comme dans les cieux. Dans nombre de traditions, des chakras additionnels s'étendent au-delà du chakra Couronne : habituellement de cinq ou sept, leur nombre varie, se montant parfois à treize. Plusieurs groupes New Age modernes leur ont attribué des qualités angéliques ou les ont associés aux archanges, mais selon les philosophies hindoues, tibétaines et taoïstes, ce sont de simples extensions du champ énergétique humain. Les disciples expérimentés en pratique yogique qui peuvent engranger suffisamment d'énergie ou qui ont ouvert et nettoyé leurs chakras inférieurs sont capables d'entrer en contact avec ces chakras supplémentaires.

Des chakras harmonieux et pleinement ouverts donnent accès à des capacités psychiques variées, mais lorsque le royaume des chakras suivants, au-dessus du corps physique, est activé, on considère qu'un état encore plus rare d'existence spirituelle est atteint. L'ouverture de ces chakras supérieurs est très agréable et rassurante et même s'il est possible de parvenir à des aptitudes psychiques avancées, ou si celles-ci peuvent arriver spontanément, le détachement spirituel est à son paroxysme : il n'y a donc alors aucun désir de poursuivre ces expériences. Ironiquement, de nombreuses personnes débutent leur quête spirituelle en espérant atteindre l'état de béatitude et d'éveil accompagné de tous ses légendaires pouvoirs, alors que plus on se rapproche de l'illumination, moins ce genre de choses nous préoccupe.

L'activation des chakras supérieurs donne lieu à une expérience incomparable d'ancrage total, comme si nous nous approprions notre être complètement pour la première fois. Les problèmes qui nous souciaient autrefois n'ont plus aucune importance, tout semble en phase dans le monde, peu importe la noirceur qui s'offre à nos yeux. Il devient plus facile d'exprimer toutes les qualités positives des chakras inférieurs. La vie a une douceur qui n'existait pas auparavant et être au service des autres, vivre de compassion viennent aussi naturellement que respirer. S'abandonner profondément au moment présent, de sorte que les chakras supérieurs s'ouvrent telles des fleurs, constitue réellement une expérience merveilleuse. Ce sentiment de joie fait aussi partie de l'illusion d'être en vie, mais qu'il est délicieux tant qu'il dure !

Même ces expressions de conscience finissent par s'estomper tandis que l'éveil spirituel avance vers une nouvelle étape, plus calme et contenue. Je ne connais aucune pratique qui permette de développer les chakras supérieurs. Quand les chakras inférieurs s'ouvrent et sont nettoyés, les chakras supérieurs commencent à se manifester, à frémir et s'ouvrir, l'un après l'autre.

Entre ces catégories de chakras se trouvent un nombre incalculable de points d'énergie supplémentaires disséminés entre les sept originaux. Leur quantité, l'endroit où ils se situent, leur importance et leur nature varient beaucoup, parfois au sein d'une seule et même tradition. Par exemple, dans la philosophie hindoue, divers gourous ont écrit à travers les siècles des textes contradictoires concernant les chakras additionnels dans le corps et estimé que leur nombre va de quelques-uns à des centaines. Certains sont peut-être liés aux points d'acupuncture de la médecine chinoise traditionnelle. L'origine des chakras est très intellectuelle, ce qui implique que l'on peut parfois se perdre dans des milliers de détails qui ne seront pas forcément utiles à une personne ordinaire. Le mouvement contemporain New Age a contribué à la compréhension des chakras en les considérant comme des faisceaux d'énergie, adoptant ainsi une vision simple et directe. Ceci a débouché sur une approche plus émotionnelle et sincère du soin énergétique.

Les chakras mineurs qui jouent un rôle clef dans votre expérience de vie se trouvent dans vos mains et vos pieds. Vos chakras des mains sont une extension de votre chakra du Cœur. Vos mains sont l'une des parties du corps qui interagit le plus avec votre environnement. Elles tapotent quelqu'un sur le bras pour montrer votre affection ou souligner un argument. Elles préparent vos repas et mettent de l'ordre dans votre vie. Elles tapent dans la main d'un ami pour marquer un moment de joie. À travers les chakras des mains, vous partagez et acceptez l'énergie de votre monde. Il est possible que vous sentiez les chakras de vos mains vibrer, chauffer ou picoter lorsqu'ils sont activés. Ils sont un moyen de partager votre amour avec le monde sans parler.

Les chakras de vos pieds jouent un rôle d'intermédiaire entre la Terre et vous. Connectés à vos chakras Racine et Étoile de la Terre, ils agissent comme une interface entre le corps physique et la Terre qui le soutient. La réflexologie est une façon merveilleuse d'activer les chakras de vos pieds. Si vous travaillez derrière un bureau toute la journée et que souhaitez vous sentir plus ancré, vous pouvez placer un appareil de massage discret sous votre poste de travail et stimuler vos chakras des pieds. Vous contribuerez ainsi à vos efforts pour créer un plus grand sens de l'équilibre et de l'harmonie.

AFFIRMATION DU CHAKRA ADDITIONNEL

« Tous mes chakras sont emplis de lumière et de vitalité. »

QUIZ

POUR OPTIMISER VOS CHAKRAS ET VOTRE VIE

Une grande partie de votre journée est influencée par le flux harmonieux de vos chakras. Plus vos chakras sont ouverts et dynamiques, plus les choses positives de la vie viennent à vous. Dans ce chapitre, vous apprendrez comment un ou plusieurs chakras peuvent impacter divers aspects de votre existence et de quelle façon optimiser vos centres d'énergie. Faites le quiz qui va suivre et voyez le nombre de questions auxquelles vous aurez répondu par « oui », puis rendez-vous à l'exercice correspondant pour savoir comment rééquilibrer cet aspect de votre vie. Vous pouvez revenir à ce quiz de multiples fois à différents moments, afin d'harmoniser tout chakra qui sera prêt à être optimisé.

1. **Avez-vous la sensation d'être surstimulé et tendu en présence de foules, de bruits forts ou de lumières puissantes ?**
   Si vous avez répondu par « oui », il est possible que vous ayez besoin de fermer votre espace. Faites l'Exercice Un de ce chapitre pour apprendre comment faire.

2. **Vous arrive-t-il de trop vous identifier aux sentiments des autres, au point de vous inquiéter fréquemment de leurs états émotionnels au détriment du vôtre ?**
   Vous avez répondu par l'affirmative ? Il se peut que vous ayez besoin de vous déconnecter chaque nuit. Tournez-vous vers l'Exercice Deux pour savoir comment procéder.

3. **Avez-vous l'esprit embrumé, le front douloureux, la tête dans les nuages, vous sentez-vous irritable ?**
Si vous avez répondu « oui », alors vous pourriez devoir clarifier votre Troisième Œil. Faites l'Exercice Trois qui vous explique comment.

4. **Lorsque vous vous adressez à un groupe, arrive-t-il souvent que l'on ne vous entende pas ou que l'on vous demande de parler plus fort ?**
Si c'est le cas, il se pourrait que vous ayez besoin de projeter votre voix véritable. L'Exercice Quatre vous indiquera la marche à suivre.

5. **Avez-vous la sensation d'accomplir machinalement les tâches de votre vie quotidienne mais d'être en fait ailleurs ?**
Si vous avez répondu par l'affirmative, il est possible que vous deviez réactiver la vitalité de votre racine. Rendez-vous à l'Exercice Cinq qui vous expliquera comment procéder.

6. **Êtes-vous sujet aux cauchemars ou avez-vous habituellement un sommeil agité ?**
Si oui, vous pourriez avoir besoin d'apprendre à fermer votre champ aurique la nuit en formulant des intentions et en créant un espace sacré dans votre chambre. Tournez-vous vers l'Exercice Six qui va vous y aider.

7. **Trouvez-vous difficile de vous concentrer sur une seule et même tâche sur de longues périodes ? Rencontrez-vous des difficultés de concentration ?**
Si c'est le cas, faites l'Exercice Sept pour apprendre comment bien soutenir votre attention.

8. **Vous arrive-t-il de vous cogner dans les objets, de trébucher et de vous sentir maladroit en général ?**
Si cela vous arrive, avoir une meilleure conscience de votre espace personnel pourrait vous être bénéfique. L'Exercice Huit vous en dira davantage sur le sujet.

9. **Avez-vous le sentiment d'être fermé au monde qui vous entoure ? Vous sentez-vous seul ou êtes-vous prompt à vous méfier des autres ?**
Si oui, allez à l'Exercice Neuf pour apprendre comment cultiver facilement confiance et amour.

10. **Les paroles et les opinions d'autrui vous affectent-elles négativement ? Avez-vous le sentiment que vos expériences de vie vous ont laissé émotionnellement à vif ?**
Si vous avez répondu par l'affirmative, apprendre à travailler avec vos émotions de manière positive pourrait vous être bénéfique. Rendez-vous à l'Exercice Dix pour en savoir plus.

EXERCICE UN : FERMER SON ESPACE

Question : Avez-vous la sensation d'être surstimulé et tendu en présence de foules, de bruits forts ou de lumières puissantes ?

Si vous avez répondu « oui » à cette question, il est possible que vous ayez besoin de refermer votre espace. Parfois, vos chakras et votre système énergétique sont trop ouverts et la vie peut devenir accablante. Si vous êtes très sensible aux lumières éclatantes, aux bruits forts et aux agitations de la foule, c'est que votre chakra Racine est surstimulé et trop ouvert. Lorsque vous éprouvez ces sensations, vous pouvez répéter le passage qui suit. Vous pouvez également le réciter de manière préventive avant d'entrer dans un endroit animé ou bruyant comme un aéroport, une salle de concert, un centre commercial ou lors d'un événement sportif.

Il constitue aussi un rituel utile avant de s'endormir. Parfois, nous sommes très ouverts et pendant que nous dormons, nous avons besoin de nous reposer. Cette ouverture peut constituer une distraction ou bien se déformer alors que nous essayons de traiter nos émotions subconscientes à travers le rêve.

Vous pouvez prononcer les mots suivants à voix haute ou pour vous-même :

« Je scelle hermétiquement et je protège tous les vortex, portails, portes et ouvertures dans mes corps physiques et énergétiques dans toutes les dimensions, inter-dimensions et réalités, en fonction des besoins, pour mon plus grand bien et le plus grand bien de toute vie de tout temps. Je suis maître de mon propre espace et seulement ce qui est bon peut y entrer. Ainsi soit-il. »

EXERCICE DEUX : SE DÉCONNECTER CHAQUE NUIT

Question : Vous arrive-t-il de trop vous identifier aux sentiments des autres, au point de vous inquiéter fréquemment de leurs états émotionnels au détriment du vôtre ?

Vous avez répondu par l'affirmative ? Il se pourrait que vous ayez besoin de vous déconnecter chaque nuit. Nous sommes tous des êtres empathiques et avons la capacité de sentir ce que les autres éprouvent. Certains sont très en phase avec cette aptitude quand d'autres ne le sont pas.

Quelques-uns d'entre nous sont trop empathiques et ressentent trop de choses. Nos cœurs sont grands ouverts, ce qui est formidable, mais nos limites sont floues et nous en souffrons. Se déconnecter la nuit est un moyen de maîtriser et de minimiser ce phénomène. Cette technique fonctionne sur tous les chakras, tout particulièrement celui du Cœur, où nos limites empathiques sont les plus testées. Lorsque la technique expliquée ci-dessous est utilisée, nous avons l'espace énergétique suffisant pour partager la vraie compassion et nous libérer de la codépendance.

Cette technique est extrêmement simple. À la fin de chaque journée, il vous suffira de nettoyer votre cœur de toutes les connexions superflues qui surchargent votre bande passante énergétique. Prononcez simplement les paroles qui suivent à voix haute chaque soir avant de vous coucher. Même si vous décidez de les dire tout bas ou dans votre tête, elles seront d'une grande efficacité. Pour vous en souvenir, vous pouvez garder près de votre lit un papier sur lequel elles seront inscrites.

« Je me déconnecte dans toutes les dimensions, inter-dimensions et réalités de toute personne à qui je suis connecté, selon les besoins, pour mon plus grand bien en tout temps. »

EXERCICE TROIS : CLARIFIER SON TROISIÈME ŒIL

Question : Avez-vous l'esprit embrumé, le front douloureux, la tête dans les nuages, vous sentez-vous irritable ?

Si vous avez répondu « oui » à cette question, il se peut que vous ayez besoin de clarifier votre troisième œil. Parfois, comme une fenêtre qui aurait besoin d'être lavée, notre troisième œil, ou chakra des Sourcils, peut se voiler d'un film gris. Cela peut advenir si vous avez récemment vu des choses terrifiantes, déprimantes ou violentes dans les médias. Ou bien cela peut arriver si vous étiez en compagnie de personnes à la vibration plus basse. Cela peut également se produire si vous avez consommé de la marijuana, ou si vous vous êtes trouvé dans un lieu où l'on en consommait.

Vous pouvez purifier votre chakra grâce au son, ou utiliser de la lavande et de la sauge pour le nettoyer et l'apaiser. Assemblez tout le matériel dont vous disposez. Ceci inclut les carillons pour le yoga ou la méditation, les carillons éoliens, les gongs pour la méditation, les bols chantants, les crécelles ou les instruments aux sons plus légers. Vous pouvez également frotter de l'huile essentielle de lavande sur vos tempes et votre front. Vous pouvez enfin recourir à un bâton de fumigation à base de sauge, de lavande et/ou de cèdre que vous allumerez et passerez doucement devant votre front et à travers votre aura, tout autour de votre corps.

Maintenant que vous êtes détendu, asseyez-vous et utilisez vos instruments afin de créer un son clair et léger devant votre front. Si vous n'avez pas d'instruments, n'hésitez pas à utiliser votre voix ! Produisez un son en chantant « Om » ou « Aum » d'une note longue et plus haute que vous tiendrez le plus longtemps possible. Ce faisant, faites voyager l'énergie du son à l'aide de vos deux mains vers votre visage et votre front. Répétez ces rituels de son et de fumigation selon vos besoins et assurez-vous ensuite de sortir prendre l'air et de boire beaucoup d'eau.

EXERCICE QUATRE : PROJETER SA VOIX VÉRITABLE

Question : Lorsque vous vous adressez à un groupe, arrive-t-il souvent que l'on ne vous entende pas ou que l'on vous demande de parler plus fort ?

Si tel est le cas, il se peut que vous ayez besoin de projeter votre voix véritable.

Parfois, le fait que l'on entende votre message n'est pas seulement lié à la force de votre voix. C'est tout autant une question de bien projeter sa voix véritable. Imaginez l'énergie de votre esprit et de votre cœur jaillir de votre bouche : c'est l'essence énergétique de la parole. Votre chakra de la Gorge est celui qui projette le message, haut et clair.

Quelques éléments doivent être en place pour que votre message soit clair :

1. Votre message doit être en adéquation avec vos convictions et vos valeurs. C'est l'énergie de votre cœur qui remonte vers votre gorge.
2. Vous devez avoir confiance en votre message ou du moins le prétendre jusqu'à ce que vous y réussissiez pour de bon. C'est l'énergie de votre volonté qui remonte depuis votre troisième chakra.
3. Votre esprit doit être aligné avec votre gorge pour pouvoir exprimer votre message. Cela ne veut pas dire que vous devez savoir ce que vous allez dire, mais que votre esprit, empli d'une énergie claire, s'y tient prêt.

Réunir toutes ces conditions peut vous sembler difficile, mais il existe un exercice simple qui peut tout aligner et vous aider à projeter votre voix véritable. En position debout, levez les mains au-dessus de votre tête et étirez-vous. Ensuite, dites à voix haute : « J'aligne maintenant tous mes chakras pour projeter facilement ma voix véritable et mon message avec résonance, présence et joyeuse autorité pour mon plus grand bien. Ainsi soit-il. ». Laissez retomber vos bras, relevez les épaules et… allez faire entendre votre voix !

EXERCICE CINQ : ACTIVER LA VITALITÉ DE SA RACINE

Question : Avez-vous la sensation d'accomplir machinalement les tâches de votre vie quotidienne tout en ayant la tête ailleurs ?

Vous avez répondu par « oui » ? Alors il se pourrait que vous ayez besoin d'activer la vitalité de votre racine. Le sentiment de ne pas vraiment exister dans sa propre vie peut être dû à une forme de dissociation énergétique. Ceci se produit quand une partie de votre être n'est pas correctement ancrée dans votre corps éthérique. Il y a plusieurs raisons à cela :

1. Un traumatisme sous quelque forme que ce soit, même minime, comme un bruit fort et soudain, ou une discussion avec un ami qui vous a rendu triste.
2. L'ennui ou l'apathie. C'est à vous de rendre votre vie attrayante et importante et de trouver la joie. Si vous ne le faites pas, vous pourriez perdre votre raison d'être.
3. Une insatisfaction liée à votre vie ou la façon dont la société est structurée.

Nous vivons dans un monde complexe dont la dualité peut se révéler compliquée. Face aux difficultés, nous avons la tâche de rester aussi positif et impliqué que possible, ce qui est parfois plus ou moins facile à faire. Vous engager à éprouver de la joie chaque jour est la chose la plus saine que vous puissiez faire pour votre corps, votre esprit et votre essence.

Vous pouvez également faire l'exercice qui suit pour réinitialiser votre énergie, tout particulièrement dans votre racine, où tout commence. Tapez des pieds, puis frottez vigoureusement vos membres et votre corps en répétant les paroles suivantes, encore et encore : « Je suis là. Je suis présent dans mon corps. Je suis (votre prénom). Je suis la joie. ». Assurez-vous de frotter vos jambes et vos pieds avec force pendant le processus et continuez aussi longtemps qu'il le faut pour vous sentir complètement présent.

EXERCICE SIX : CULTIVER SON ESPACE SACRÉ

Question : Êtes-vous sujet aux cauchemars ou avez-vous habituellement un sommeil agité ?

De nombreuses personnes souffrent de troubles du sommeil. D'un point de vue spirituel, lorsque nous dormons, nos champs énergétiques sont relâchés, détendus et bien plus ouverts que pendant les heures d'éveil. Il existe bien des raisons à cela, mais la chose importante à savoir est qu'il est possible d'avoir un sommeil paisible et réparateur chaque nuit. La clef est d'exprimer l'intention de rester dans votre chambre pendant que vous dormez. Nous sommes bien plus que de simples corps et parfois, les personnes qui ont un sommeil agité laissent leur corps éthérique s'éloigner de leur corps physique. Ceci permet de mieux intégrer les expériences que nous avons réalisées éveillés, mais pour certains, c'est une expérience trop intense.

Un moyen efficace de se débarrasser de ce problème se fait en deux temps. Tout d'abord, transformez votre chambre en un endroit sacré. Chaque soir, avant de vous coucher, allumez une bougie près de votre lit et dites à voix haute : « J'aime cet espace. Ma chambre est mon temple. J'y suis bien détendu et à l'aise. C'est un endroit véritablement sûr. ». Prononcer les paroles de vive voix entraîne votre cerveau à les croire. Et cette croyance devient un fait. En vérité, l'Univers dans son ensemble est sacré ; ce mantra vous aide à être d'accord, sur le plan de l'âme, avec le fait qu'au moins votre chambre fait partie de ce caractère sacré. En vous mettant au lit, soufflez la bougie et soyez reconnaissant de l'espace sacré que vous avez créé.

Ensuite, une fois que vous avez éteint la lumière et que vous commencez à vous endormir, placez une main sur votre cœur et l'autre sur votre nombril. Inspirez doucement, profondément et visualisez une lumière blanche emplissant peu à peu votre torse, exactement comme l'air que vous respirez. Retenez votre souffle un instant et sentez la lumière blanche briller en vous. Maintenant, expirez : votre corps se sent comme liquéfié, telle une flaque d'eau, sans forme, complètement détendu et libre. Répétez ceci jusqu'à ce que vous vous endormiez. Baigner dans une lumière blanche au sein d'un espace sacré est non seulement une expérience très relaxante, mais peut aussi s'avérer réellement thérapeutique, pour le corps comme pour l'esprit.

EXERCICE SEPT : TRAVAILLER SA CONCENTRATION

Question : Trouvez-vous difficile de vous concentrer sur une seule et même tâche sur de longues périodes ? Rencontrez-vous des difficultés de concentration ?

Généralement, un manque de concentration va de pair avec un esprit hyperactif. Un excès d'activité mentale cause des tensions dans le corps et disperse l'énergie du troisième œil. Et quand le corps est agité, il est difficile de se concentrer.

Lorsque le manque de concentration pose problème, prenez cinq minutes de pause pour faire une tâche qui va réduire l'activité mentale. Un simple exercice de respiration au travail, une petite promenade en plein-air, de la musique douce – et tout ce qui peut vous apaiser vous aidera. Faire ceci régulièrement va contribuer à briser l'emprise de l'esprit sur le corps.

La deuxième étape consiste à s'entraîner à se concentrer. Trouvez un objet ou une image simple que vous pourrez observer. Éviter d'utiliser des mots, car ils stimulent l'esprit. Commencez par essayer de fixer l'objet ou l'image pendant à peine dix secondes sans vous déconcentrer, chose ô combien difficile pour la plupart des gens ! Si vous êtes capable de maintenir votre concentration pendant trente minutes, vous êtes un individu rare. Briser l'emprise du cerveau sur le corps et entraîner sa pensée à se focaliser sur un élément : tels sont les remèdes à un esprit dispersé, un problème très commun dans nos sociétés modernes.

EXERCICE HUIT : ACCROÎTRE SON DEGRÉ DE PRÉSENCE

Question : Vous arrive-t-il de vous cogner dans les objets, de trébucher et de vous sentir maladroit en général ?

Lorsque le corps et l'esprit ne sont pas en harmonie, nous ne sommes pas totalement présents dans nos vies. Il est très important que vous soyez là dans cette vie. Le monde a besoin de vous. Soyez donc complètement présent autant que vous le pouvez, dans chaque situation. Parfois, un travail sur le corps physique permet aussi d'équilibrer notre corps spirituel. De nombreuses écoles d'arts martiaux intègrent d'ailleurs cette idée à leurs enseignements.

Asseyez-vous dans une position confortable et ne bougez plus. Faites courir une main après l'autre sur votre corps, depuis la tête jusqu'aux orteils. Pour chaque partie de votre corps, dites-vous : « Ceci est ma tête. Ce sont mes cheveux. C'est ma joue. », et ainsi de suite. Faites-le plusieurs fois par semaine pour vraiment apprendre à vous connaître. Énergétiquement, cette pratique va aider votre esprit à « accepter » d'être ici en ce lieu et en cet instant.

Pour aller plus loin dans l'exercice, augmentez la difficulté en suivant le même processus de toucher et de reconnaissance, cette fois en marchant lentement à travers votre maison. Tandis que vous marchez, passez chaque main, l'une après l'autre, sur votre corps en disant : « Ceci est mon épaule. Ceci est mon coude. ». Faites-le, là encore, plusieurs fois par semaine pour devenir totalement présent dans votre vie.

Enfin, portez votre attention sur le monde qui vous entoure. Dès que vous en avez l'occasion, tendez le bras et touchez tous les objets que vous rencontrez (mieux vaut probablement éviter les personnes autour de vous !), en identifiant chacun au fur et à mesure que vous le touchez, par exemple : « Ceci est une table. Ceci est une chaise. »

Accroître sa présence est un exercice très physique et concret qui peut avoir des bénéfices extrêmement positifs sur votre pratique spirituelle.

EXERCICE NEUF : DIRE OUI À L'AMOUR

Question : Avez-vous le sentiment d'être fermé au monde qui vous entoure ? Vous sentez-vous seul ou êtes-vous prompt à vous méfier des autres ?

Peu importe ce qui s'est produit dans le passé, le moment présent est une opportunité toute neuve d'aimer et de rester ouvert au monde. Bien souvent, nous portons les douleurs du passé jusque dans le présent, créant un futur dont nous ne voulons pas. Le chakra du Cœur est le centre de notre être et la porte qui mène à notre bonheur. Voici un exercice facile pour cultiver l'amour à chaque instant de notre vie.

Peu importe l'endroit où vous vous trouvez, ce que vous ressentez, ou ce que vous êtes en train de faire, il vous faut respirer. Sans respiration, il ne peut y avoir de vie. Les poumons sont très proches du chakra du Cœur et il est facile de connecter physiquement le souffle au cœur puisqu'ils occupent un même espace.

Apprenez à cultiver l'amour et à ouvrir votre chakra du Cœur en respirant de façon consciente plusieurs fois pendant votre journée. Imaginez que chaque inspiration est emplie de lumière blanche. Tandis que l'air emplit vos poumons, la lumière blanche emplit votre cœur. Avec la pratique, chaque inspiration peut emplir votre cœur jusqu'à ce qu'il déborde d'amour et de joie grâce à la lumière blanche. Chaque fois que vous expirez, laissez tout le reste quitter votre être : la peur, la colère, l'attachement, le ressentiment, le désir de vengeance, l'inquiétude, la perte, le manque, le passé, les erreurs – toutes ces choses qui n'ont aucune importance dans votre présent. Dans chaque situation, qu'elle soit positive ou négative, inspirez la lumière blanche de l'amour et expirez tout le reste. La lumière blanche pourrait faire naître sur vos lèvres un sourire spontané au cours de n'importe quelle expérience de vie. Une respiration consciente et centrée sur le cœur ouvre le chakra du Cœur, nous ancre dans le présent à chaque instant et nous aide à nous concentrer sur les choses positives dans notre vie.

EXERCICE DIX : CULTIVER L'ESTIME DE SOI

Question : Les paroles et les opinions d'autrui vous affectent-elles négativement ?

Si vous êtes sensible à l'énergie, il peut vous être difficile de ne pas prêter attention aux pensées, sentiments et opinions des autres qui émanent tous de leurs champs énergétiques et jaillissent dans le monde qui les entoure. Les personnes sensibles captent cette énergie et peuvent facilement laisser ces influences extérieures prendre l'ascendant sur leurs propres convictions. Comment alors empêcher que cela ne se produise ?

Les exercices précédents visent à apprendre à cultiver sa présence. Être présent en vous-même va vous aider à réduire ces influences non sollicitées. Cependant, la vulnérabilité aux opinions des autres ou à leur volonté est lié au deuxième chakra. Il existe plusieurs moyens de renforcer le deuxième chakra. Physiquement, le yoga appelé nakra-kriya (purification du crocodile) travaille sur chaque vertèbre en utilisant la respiration contrôlée pour soigner le deuxième chakra. D'un point de vue interne, réciter des mantras quotidiens peut être une formidable manière de réorienter les certitudes que vous avez sur vous-même. Chaque fois que vous vous sentez affecté négativement par les autres, dites-vous : « Je suis extraordinaire. Je sais ce que je crois. Je m'aime. ». Fermez les yeux et dites : « Je ne peux contrôler les autres ; Je ne peux que me contrôler moi-même. Et je choisis de m'aimer. »

BIBLIOGRAPHIE

ANODEA Judith, *Les Chakras, roues de la vie*, Macro Éditions, 2015.

AVALON Arthur, *La Puissance du serpent, Le Tantrisme expliqué aux Occidentaux*, Dervy Livres, 2012.

DALE Cyndi, *Le Corps subtil - La Grande encyclopédie de l'anatomie énergétique*, 3e édition, Macro Éditions, 2021.

MANTAK Chia, *Éveillez l'énergie curative du Tao*, Guy Trédaniel Éditeur, 1990.

MERCREE Chad, *Au Cœur du médium, Comment développer vos dons spirituels au quotidien*, Ada Editions, 2015.

RIMPOCHE Tènzin Wangyal, *l'Éveil du corps sacré*, Claire Lumière, 2012.

SARNO John, *Guérir le mal de dos*, Macro Éditions, 2014.

Livres en langue anglaise :

BECKMAN Howard, *Mantras, Yantras & Fabulous Gems : The Healing Secrets of the Ancient Vedas*, Balaji Publishing Co., 1996.

FEUERSTEIN Georg, *Tantra : The Path of Ecstasy*, Shambhala Publications, 1998.

GOSWAMI Shyam, *Layayoga : The Definitive Guide to the Chakras and Kundalini*, Inner Traditions, 1999.

MAUPIN Kathy et NEWCOMB Brett, *The Secret Female Hormone: How Testosterone Replacement Can Change Your Life*, Hay House, 2014.

MERCREE Amy, *The Spiritual Girl's Guide to Dating: Your Enlightened Path to Love, Sex, and Soulmates*, Adams Media, 2012.

RANGANATHANANDA Swami, *The Message of the Upanishads*, Chowpatty, 1971.

VITTI Alisa, *Womancode: Perfect Your Cycle, Amplify Your Fertility, Supercharge Your Sex Drive and Become a Power Source*, Harper One, 2013.

NOTES

Chapitre Cinq

« En tant que glande endocrine, il sécrète les hormones insuline et glucagon pour contrôler le taux de sucre dans le sang. » Clinique Mayo (http://www.mayoclinic.org/diseases-conditions/hypoglycemia/basics/causes/con-20021103)[1]

« Les remèdes holistiques qui aident dans ces deux cas incluent la pratique du taï-chi, du yoga et l'Ayurveda (forme de médecine traditionnelle hindoue fondée sur l'harmonie de tous les éléments du corps et de l'esprit, un régime alimentaire approprié, des traitements à base de plantes et des exercices de respiration yogique). » Centre Chopra (http//www.chopra.com/ccl/a-mind-body-approach-to-diabetes)[1]

Chapitre Six

« Avant la puberté, votre thymus sécrète beaucoup de thymosine, une hormone qui aide votre corps à produire des lymphocytes T, ces cellules qui jouent un rôle vital dans votre système immunitaire pour la vie entière. » Endocrine Web (http://www.endocrineweb.com/endocrinologoy/overview-thymus)[1]

1. Site Internet en anglais (NdT).

REMERCIEMENTS

Les auteurs souhaitent remercier Lisa Hagan, fabuleux agent et soutien inébranlable de leur travail. Nous aimerions également remercier Kate Zimmermann pour son aide précieuse et pour nous avoir permis de partager ce livre avec le monde. Nous sommes aussi reconnaissants à nos familles pour leur amour, leur soutien et leurs encouragements dans nos aventures littéraires. Amy souhaiterait remercier Laurie Levity Laughing Star pour son aide lors de ses premières explorations dans le monde des chakras.

À PROPOS DES AUTEURS

AMY LEIGH MERCREE a pour devise « Vivez la joie. Soyez bienveillant. Aimez de manière inconditionnelle. ». Elle conseille les femmes et les hommes dans l'art méconnu de l'amour de soi, le *self-love*, afin de créer des vies plus heureuses. Amy est auteur, personnalité médiatique, coach experte en rencontres amoureuses, relations et bien-être, ainsi que praticienne en médecine holistique intuitive. Elle est également scénariste et productrice de films.

Elle a écrit un guide spirituel à l'usage des femmes, *The Spiritual Girl's Guide to Dating: Your Enlightened Path to Love, Sex, and Soulmates et un livre, Joyful Living, 101 Ways to Transform Your Spirit and Revitalize your Life*, qui explique comment incorporer plus de beauté, de joie et de plaisir dans sa vie.

Visitez son site Internet[1], AmyLeighMercree.com où vous trouverez une foule d'articles, de citations inspirantes et de quiz. Mercree est en passe de rapidement devenir la femme la plus citée du web ! Pour voir d'où vient tout cet engouement, rendez-vous sur son compte Twitter, @AmyLeighMercree, et Instagram, @amyleighmercree.

1. Site Internet en anglais (NdT).

CHAD MERCREE est l'auteur du livre *Au cœur du médium, Comment développer vos dons spirituels au quotidien* et de l'*Introduction à la pensée de Bouddha*[2]. Il a écrit et donné des conférences sur la botanique et la métaphysique pendant pratiquement toute sa carrière. Il étudie le yoga hatha et kundalini depuis de nombreuses années et est également un disciple des enseignements Dzogchen, une branche du bouddhisme tantrique. Chad organise des ateliers à travers les États-Unis sur la méditation, la réalisation de soi et la connexion spirituelle et scientifique au monde naturel qui nous entoure. Il vit actuellement dans la ville de Naples, en Floride.

2 À paraître bientôt chez Marabout dans la même collection que cet ouvrage (NdT).

INDEX

F

H

I

J

K

L

M

N

Composition et mise en pages : Maogani

ISBN : 978-2-501-15698-1

7794628

Imprimé en Espagne par Unigraf

pour le compte des Éditions Hachette Livre (Marabout),

58, rue Jean-Bleuzen, 92178 Vanves CEDEX.

Dépôt légal : octobre 2021